부모와 **자녀가** 꼭 함께 읽어야 할 시

부모와 자녀가 꼭 함께 읽어야 할 시

도종환 엮음

나무생각

이 세상에서 가장 깊은 사이는 삶과 죽음을 함께 하는 사이입니다. 부모와 자식 사이도 그 중의 하나일 것입니다. 자식은 부모에게서 생명을 받아 삶을 이어왔고 부모는 자식에게 자기 육신의 죽음을 맡깁니다. 부모와 자식은 이 세상에서 가장 깊은 인연을 맺은 사이입니다.

부모는 자식에게 좋은 부모이기를 원하고, 자식은 부모에게 자랑스러운 자식이기를 바랍니다. 부모는 자기 아들딸이 누구에게나 자랑하고 싶은 사람으로 자라주기를 바라고, 자식은 자기 부모를 이 세상 어느 누구보다도 고마운 사람으로 가슴 깊이 새기고자 합니다.

그러나 자랑스러운 아들딸로 자라게 하는 일은 생각처럼 쉽지 않습니다. 참으로 많은 벽이 가로막혀 있고 넘어야 할 산 건너야 할 물이 헤아릴 수 없이 많습니다. 자식들이 잘 자라줄 때는 욕심을 경계하고 어렵게 할 때는 분노를 경계하라고 합니다. 아이들이 남보다 훌륭한 사람이 되길 바란다면 내가 먼저 남에게 존경받고 사랑받는 사람이 되어야 한다고 합니다. 아이에게 돈을 주기보다 시간과 관심과 사랑과 부모 자신을 주어야 한다고 합니다. 좋은 부모 되기 참 어렵습니다.

좋은 부모 되기 어려워 힘들 때 여기 이 시집에 있는 시 한 편 자식에게 건네주시면 어떨까요. 인생에 대해, 시련에 대해 말로 다 설명하기 버거울 때 여기 있는 시 한 편 자식들에게 읽어주세요. 어머니 아버지가 먼저 읽고 자식에게 전해주세요.

부모에게 끝없이 무언가를 요구하기만 하고, 부모는 모든 것을 가지고 있어 원하는 것마다 다 가져다 주는 요술 상자인 것처럼 생각하는 자식들에게 부모도 똑같이 힘들어하는 인간이라는 걸 여기 있는 시들은 가르쳐줍니다. 부모도 똑같이 어렵고 힘든 인생길을 걸어왔고 똑같이 고민하고 아파하며 자식보다 먼저 늙고 쇠잔해져 간다는 것을 시인들은 말해줍니다. 부모가 누구인지 어떤 사람인지, 부모 자식 사이라는 것이 진정 무엇인지 생각하게 해주는 시들이 이 시집에 들어 있습니다.

인생이 무엇인지에 대해 알고 싶어하는 아들딸에게, 젊은 날 사랑의 아픔 때문에 괴로워하는 자녀에게 마땅히 설명해줄 말이 떠오르지 않을 때 건네주어도 좋을 시들이 여기 있습니다. 먼저 읽어보시고 자녀들에게도 주세요. 한두 시간에 다 읽어버리지 말고 하루에 한두 편씩 천천히 생각하면서 읽어보세요. 곁에 두고 생각날 때마다 틈틈이 읽어보세요. 간직해도 좋을 시는 여러분의 것으로 만드세요.

2004년 가을 어느 날 도종환

부모가 자녀에게 주는 시

자녀가 부모님께 드리는 시

부모와 자녀가 함께 읽는 시

부모가 자녀에게 주는 시

 세상이 아름다운 것은 아이들이 있기 때문
이다. 세상이 사랑스럽게 여겨지는 것은
아이들이 있기 때문이다. 갓 깨어난 올챙이, 송사
리들이 놀고 있어서 도랑물이 생기를 찾는 것처
럼, 갓 태어난 송아지, 강아지들이 봄볕에 몸 부비
고 있어서 농삿집 뜨락이 따뜻한 것처럼 아이들이
그렇게 놀고, 그렇게 거기 있어서 어른들은 생기
를 되찾고 세상은 따뜻해지는 것이다.

이렇게 세상이 아름다운 것은

오인태

다시 봄이 오고
이렇게 숲이 눈부신 것은
파릇파릇 새잎이 눈뜨기 때문이지
저렇게 언덕이 듬직한 것은
쑥쑥 새싹들이 키 커가기 때문이지

다시 봄이 오고
이렇게 도랑물이 생기를 찾는 것은
갓 깨어난 올챙이, 송사리들이
졸래졸래 물 속에 놀고 있기 때문이지
저렇게 농삿집 뜨락이 따뜻한 것은
갓 태어난 송아지, 강아지들이
올망졸망 봄볕에 몸 부비고 있기 때문이지

다시 봄이 오고
이렇게 세상이 아름다운 것은
새잎 같은 너희들이 있기 때문이지
새싹 같은 너희들이 있기 때문이지

다시 오월이 찾아오고

이렇게 세상이 사랑스러운 것은

올챙이 같은, 송사리 같은 너희들이 있기 때문이지

송아지 같은, 강아지 같은 너희들이 있기 때문이지

1996년도 거창 어린이날 큰잔치 축시, 미발표작

세상이 아름다운 것은 아이들이 있기 때문이다. 세상이 사랑
스럽게 여겨지는 것은 아이들이 있기 때문이다.
새잎이 눈뜨면서 숲이 눈부신 것처럼, 새싹들이 자라면서 언
덕이 듬직하게 느껴지는 것처럼 아이들은 우리에게 그렇게
온다. 다시 오는 봄처럼.
갓 깨어난 올챙이, 송사리들이 놀고 있어서 도랑물이 생기를 찾는 것처럼,
갓 태어난 송아지, 강아지들이 봄볕에 몸 부비고 있어서 농삿집 뜨락이 따
뜻한 것처럼 아이들이 그렇게 놀고, 그렇게 거기 있어서 어른들은 생기를
되찾고 세상은 따뜻해지는 것이다.

과수원에서

마종기

시끄럽고 뜨거운 한 철을 보내고
뒤돌아본 결실의 과수원에서
사과나무 한 그루가 내게 말했다
오랜 세월 지나가도 그 목소리는
내 귀에 깊이 남아 자주 생각난다

―나는 너무 많은 것을 그냥 받았다
　땅은 내게 많은 것을 그냥 주었다
　봄에는 젊고 싱싱하게 힘을 주었고
　여름에는 엄청난 꽃과 향기의 춤,
　밤낮없는 환상의 축제를 즐겼다
　이제 가지에 달린 열매를 너에게 준다
　남에게 줄 수 있는 이 기쁨도 그냥 받은 것,
　땅에서, 하늘에서, 주위의 모두에게서
　나는 너무 많은 것을 그냥 받았다

―내 몸의 열매를 다 너에게 주어
　내가 다시 가난하고 가벼워지면
　미미하고 귀한 사연도 밝게 보이겠지
　그 감격이 내 몸을 맑게 씻어주겠지

열매는 음식이 되고, 남은 씨 땅에 지면

수많은 내 생명이 다시 살아나는구나

주는 것이 바로 사는 길이 되는구나

오랜 세월 지나가도 그 목소리는

내 귀에 깊이 남아 자주 생각나기를

《이슬의 눈》 문학과지성사

살면서 우리들은 부족하다는 생각을 많이 한다. 늘 조금 모자라고 가진 게 많지 않다는 생각을 한다. 다른 사람과 비교하며 상대적 결핍감을 느끼는 날이 많다. 그러나 내가 정말 받은 게 별로 없을까. 내가 받은 것은 많다. 받은 건 접어두고 모자라는 것만 생각하는 경우가 많다.

사과나무의 목소리를 빌려 시인이 우리에게 들려주고 싶어하는 이야기는 우리는 '너무 많은 것을 그냥 받았다'는 것이다. 땅에서 받은 것, 하늘에서, 주위의 모두에게서 그냥 받은 게 너무 많다는 것이다. 봄이 준 싱싱한 힘, 여름이 준 엄청난 꽃과 향기, 그런 것도 그냥 받은 것인데 만약 사과가 사과나무에게 지금까지 아무것도 받은 게 없다고 한다면 우리는 뭐라고 말해야 할까.

결실을 이룬 이 모습의 내가 되기까지 우리는 보이지 않는 너무 많은 것을 받고 지금까지 살아온 것이다. 내 열매를 너에게 주어야 하는 이유가 무엇인지 우리는 사과나무를 통해서 배운다. 남에게 주고 난 뒤 생기는 기쁨도 그냥 받은 것임을 알 때, '주는 것이 바로 사는 길'임을 알 때 우리 삶은 진정으로 풍요로워지리라.

딸에게

김용화

너는
지상에서 가장 쓸쓸한 사내에게 날아온 천상의
선녀가
하룻밤 잠자리에 떨어뜨리고 간 한 떨기의 꽃

《감꽃 피는 마을》 시와시학사

내가 어떻게 태어나게 되었느냐고 물었을 때 이런 시 한 편을 써서 주는 어머니는 아름답다.

우리에게 한 떨기 꽃과 같은 너는 그냥 이 세상에 온 것이 아니라 지상과 천상이 만나서 오게 된 것이라고. 하늘의 기운과 땅의 정기가 만나야 했고, 이 세상에서 가장 쓸쓸한 사내가 선녀처럼 아름다운 여인과 만나서 오게 된 것이라고 말해주는 어머니는 아름답다.

천상의 선녀처럼 어여쁜 네 어머니를 만나기 위해 아버지가 그토록 오래 쓸쓸한 사내로 살았던 것이고, 아버지가 지상에서 가장 쓸쓸한 사내였기 때문에 네 엄마가 선녀처럼 온 것이라고. 그리하여 네가 한 떨기 꽃처럼 이 세상에 피어나게 된 것이라고 말해주는 아버지는 아름답다.

너도 풍요롭고 화려하고 권세가 넘치는 사내가 아니라 지상에서 가장 쓸쓸한 사내, 그래서 너를 천상의 선녀처럼 소중하게 여겨주는 사람을 만나 꽃 같은 딸을 낳으라고 말해주는 어머니는 아름답다.

내 아들아

최상호

너 처음 세상 향해

눈 열려

분홍 커튼 사이로 하얀 바다 보았을 때

그때처럼 늘 뛰는 가슴 가져야 한다

까막눈보다 한 권의 책만 읽은 사람이

더 무서운 법

한 눈으로 보지 말고 두 눈 겨누어 살아야 한다

깊은 산 속 키 큰 나무 곁에

혼자 서 있어도 화안한 자작나무같이

내 아들아

그늘에서 더욱 빛나는 얼굴이어야 한다

《김춘수의 '꽃'을 가르치며》 시와시학사

  아버지가 아들에게 해주고 싶은 이야기를 글로 써 보라고 하면 얼마나 될까. 셀 수 없이 많을 것이다. 그런데 그걸 세 가지 말로 압축해 보라고 하면 무어라고 말할까.

  '새롭고 아름다운 걸 바라보며 늘 가슴 뛰는 사람이 되어라.' '한 눈으로 치우쳐 보지 말고 균형 잡힌 눈으로 세상을 보아라.' '숲 속의 자작나무처럼 그늘에서 더욱 빛나는 사람이 되어라.' 이렇게 말해주는 아버지는 몇이나 될까.

  '바다를 주름잡는 선장이 되어라.' '이 나라에서 가장 많이 공부한 똑똑한 인물이 되어라.' '세상을 떠받치는 대들보가 되어라.' 이렇게 말하지 않고, '깊은 산 속에 혼자 있어도 화안한 자작나무같이 되어라.' 아들에게 이렇게 말해줄 수 있는 아버지는 몇이나 될까.

만 일

루디야드 키플링

만일 내가 모든 걸 잃었고 모두가 너를 비난할 때
너 자신이 머리를 똑바로 쳐들 수 있다면,
만일 모든 사람이 너를 의심할 때
너 자신은 스스로를 신뢰할 수 있다면,

만일 네가 기다릴 수 있고
또한 기다림에 지치지 않을 수 있다면,
거짓이 들리더라도 거짓과 타협하지 않으며
그 미움에 지지 않을 수 있다면,
그러면서도 너무 선한 체하지 않고
너무 지혜로운 말들을 늘어놓지 않을 수 있다면,

만일 내가 꿈을 갖더라도
그 꿈의 노예가 되지 않을 수 있다면,
또한 내가 어떤 생각을 갖더라도
그 생각이 유일한 목표가 되지 않게 할 수 있다면,

그리고 만일 인생의 길에서 성공과 실패를 만나더라도
그 두 가지를 똑같은 것으로 받아들일 수 있다면,
내가 말한 진실이 왜곡되어 바보로 만든다 하더라도

너 자신은 그것을 참고 들을 수 있다면,

그리고 만일 너의 전 생애를 바친 일이 무너지더라도

몸을 굽히고서 그걸 다시 일으켜 세울 수 있다면,

한 번쯤은 네가 쌓아 올린 모든 걸 걸고

내기를 할 수 있다면,

그래서 다 잃더라도 처음부터 다시 시작할 수 있다면,

그러면서도 네가 잃은 것에 대해 침묵할 수 있고

너 잃은 뒤에도 변함없이

네 가슴과 어깨와 머리가 널 위해 일할 수 있다면,

설령 너에게 아무것도 남아 있지 않다 해도

강한 의지로 그것들을 움직일 수 있다면,

만일 군중과 이야기하면서도 너 자신의 덕을 지킬 수 있고

왕과 함께 걸으면서도 상식을 잃지 않을 수 있다면,

적이든 친구든 너를 해치지 않게 할 수 있다면,

모두가 너에게 도움을 청하되

그들로 하여금

너에게 너무 의존하지 않게 만들 수 있다면,

그리고 만일 네가 도저히 용서할 수 없는 1분간을

거리를 두고 바라보는 60초로 대신할 수 있다면,

그렇다면 세상은 너의 것이며

너는 비로소

한 사람의 어른이 되는 것이다

왜 만일이라며 말을 시작했을까. 앞으로 이런 일이 일어날 수 있기 때문이다. 만일이라고 가정하면서 왜 이렇게 구체적인 정황들을 이야기하는 걸까. 어른이 되어가는 동안 이런 일들을 겪었기 때문이다. 성공도 있었고, 실패도 있었으며, 지치도록 기다려야 하거나 거짓과 타협해야 하는 경우도 올 수 있고, 진실이 왜곡되거나, 전 생애를 바친 일이 무너질 수도 있다는 것을 경험했기 때문이다.

이 모든 것들을 맞닥뜨릴 때마다 자신을 신뢰하고, 인내하고, 다시 시작하며, 덕과 상식을 잃지 않고, 그러면서도 너무 착한 척하지 않고, 너무 많이 아는 척하지 않는 사람이 되어주길 바라기 때문일 것이다.

그게 비로소 한 사람의 어른이 되어가는 것임을 몸으로 체험했기 때문일 것이다.

아름다운 사람을 만나고 싶다

정안면

아름다운 사람을 만나고 싶다

항상 마음이 푸른 사람을 만나고 싶다

항상 푸른 잎새로 살아가는 사람을

오늘 만나고 싶다

언제 보아도 언제나 바람으로 스쳐 만나도

마음이 따뜻한 사람

밤하늘의 별 같은 사람을 만나고 싶다

세상의 모든 유혹과 폭력 앞에서도 흔들리지 않고

언제나 제 갈 길을 묵묵히 걸어가는

의연한 사람을 만나고 싶다

언제나 마음을 하늘로 열고 사는

아름다운 사람을 만나고 싶다

오늘 거친 삶의 벌판에서

언제나 청순한 마음으로 사는

사슴 같은 사람을 오늘 만나고 싶다

모든 삶의 굴레 속에서도 비굴하지 않고

언제나 화해와 평화스런 얼굴로 살아가는

그런 세상의 사람을 만나고 싶다

아름다운 사람을 만나고 싶다

오늘 아름다운 사람을 만나서

마음이 아름다운 사람의 마음에 들어가서

나도 그런

아름다운 마음으로 살고 싶다

아침 햇살에 투명한 이슬로 반짝이는 사람

바라다보면 바라다볼수록 온화한 미소로

마음이 편안한 사람을 만나고 싶다

결코 화려하지도 투박하지 않으면서도

소박한 삶의 모습으로

오늘 제 삶의 갈 길을 묵묵히 가는

그런 사람의 아름다운 마음 하나 곱게 간직하고 싶다

《사랑을 찾아서》 황토

　이 시의 화자는 아름다운 사람을 만나고 싶다고 한다. 그가 생각하는 아름다운 사람은 어떤 사람일까. 얼굴이 잘생기고 외모가 빼어난 사람일까. '항상 마음이 푸른 사람', '마음이 따뜻한 사람', '언제나 제 갈 길을 묵묵히 걸어가는 의연한 사람', '언제나 청순한 마음으로 사는 사슴 같은 사람', '화해와 평화스런 얼굴로 살아가는 사람'이 아름다운 사람이라고 한다. 바라볼수록 온화한 미소로 마음이 편안한 사람을 만나 소박한 삶을 살아가는 그런 사람의 아름다운 마음 하나를 곱게 간직하고 싶다고 한다.

　여러분은 어떤 사람을 만나고 싶은지요. 여러분이 생각하는 아름다운 사람은 어떤 사람인지요.

만일 내가 다시 아이를 키운다면

다이아나 루먼스

만일 내가 다시 아이를 키운다면
먼저 아이의 자존심을 세워주고
집은 나중에 세우리라

아이와 함께 손가락 그림을 더 많이 그리고
손가락으로 명령하는 일은 덜 하리라

아이를 바로잡으려고 덜 노력하고
아이와 하나가 되려고 더 많이 노력하리라
시계에서 눈을 떼고 눈으로 아이를 더 많이 바라보리라

만일 내가 다시 아이를 키운다면
더 많이 아는 데 관심 갖지 않고
더 많이 관심 갖는 법을 배우리라

자전거도 더 많이 타고 연도 더 많이 날리리라
들판을 더 많이 뛰어다니고 별들도 더 오래 바라보리라

더 많이 껴안고 더 적게 다투리라
도토리 속의 떡갈나무를 더 자주 보리라

덜 단호하고 더 많이 긍정하리라

힘을 사랑하는 사람으로 보이지 않고

사랑의 힘을 가진 사람으로 보이리라

아이를 키우면서 우리가 명령하고 단호해지고 다투는 이유는 무엇일까. 아이를 내가 원하는 사람으로 만들고자 하기 때문이다. 그래야 아이가 행복해질 수 있다고 믿는다.

그러나 아이는 그렇게 하지 않으면 불행해질까. 미래의 행복도 중요하지만 지금 이 순간도 행복해야 하지 않을까. 어떤 게 진정한 행복인지 아이에게도 물어보아야 하지 않을까.

우리가 세워주어야 할 것은 미래의 풍요로운 집이 아니라 지금 당당하게 지녀야 할 자존심인지도 모른다. 그래서 아이와 하나 되려고 더 많이 노력하고, 더 많이 바라보고, 더 관심을 가져야 한다.

나는 지금 우리 아이에게 힘을 사랑하는 사람이 아니라 사랑의 힘을 가진 사람으로 보이고 있는 것일까.

젊은 날의 초상

송수권

위로받고 싶은 사람에게서 위로받는
사람은 행복하다
슬픔을 나누고자 하는 사람에게서 슬픔을
나누는 사람은 행복하다
더 주고 싶어도 끝내
더 줄 것이 없는 사람은 행복하다
강 하나를 사이에 두고 그렇게도 젊은
날을 헤매인 사람은 행복하다
오랜 밤의 고통 끝에 폭설로 지는 겨울밤을
그대 창문의 불빛을 떠나지 못하는
한 사내의 그림자는 행복하다
그대 가슴속에 영원히 무덤을 파고 간 사람은
더욱 행복하다
아, 젊은 날의 고뇌여 방황이여

미발표작

32

　젊은 날은 고뇌와 방황의 연속이다. 건널 수 없는 강 하나를 사이에 두고 오랜 날 헤매기도 하고 사랑하는 이의 창 밖에서 눈 내리는 겨울밤을 지새 며 고통에 떨기도 한다.

　그러나 바로 그 고통과 고뇌와 헤매임 때문에 행복하다. 위로받고 싶은 사람에게서 위로받을 수 있는 것도 행복이다. 슬픔도 함께 나눌 수 있는 사 람이 있는 것이 행복이지만, 더 주고 싶어도 더 줄 것이 없는 사람이 되었을 때도 행복하다. 죽음 같은 이별이 찾아오고 지워지지 않는 미련이 남아 있 어도 행복한 것은 그것이 젊은 날의 고뇌이며 방황이기 때문이다.

　그래서 젊은 날은 고통과 슬픔까지도 행복이다.

기 도 1

나태주

내가 외로운 사람이라면
나보다 더 외로운 사람을
생각하게 하여 주옵소서

내가 추운 사람이라면
나보다 더 추운 사람을
생각하게 하여 주옵소서

내가 가난한 사람이라면
나보다 더 가난한 사람을
생각하게 하여 주옵소서

더욱이나 내가 비천한 사람이라면
나보다 더 비천한 사람을
생각하게 하여 주옵소서

그리하여 때때로
스스로 묻고
스스로 대답하게 하여 주옵소서

나는 지금 어디에 와 있는가?

나는 지금 어디로 향해 가고 있는가?

나는 지금 무엇을 보고 있는가?

나는 지금 무엇을 꿈꾸고 있는가?

《눈물난다》 전원

　외롭게 살 때가 있다. 춥고 배고프고 가난하게 살 때가 있다. 비천한 모습으로 살아야 할 때도 있다. 힘들고 고통스럽고 원망스러운 마음을 감출 수 없을 때가 있다. 그러나 그런 날 만약 나보다 더 외로운 사람을 생각하며 그 사람을 위해 기도할 수 있다면 반드시 외로움에서 벗어나게 될 것이다.

　내가 춥고 가난한 처지임에도 불구하고 나보다 더 추운 사람, 나보다 더 가난한 사람을 위해 기도하고 시를 쓸 수 있다면 하느님은 그 기도를 들어주실 것 같다. 그리고 그렇게 기도한 사람은 외롭지 않고 비천하지 않은 사람으로 만들어주실 것 같다.

　그리하여 스스로 내가 지금 어디에 와 있는지, 어디로 가고 있는지, 묻고 대답할 수 있는 사람이라면 그는 길을 잃지 않고 자기가 꿈꾸던 곳을 향해 나아갈 수 있을 것이다.

선 물

리영리

내 손바닥에 박힌 쇠 가시를 빼내기 위해
아버지는 낮은 목소리로 이야기해 주셨다
아버지의 사랑스러운 얼굴을 나는 바라보고 있었다, 칼날에서
시선을 피한 채
이야기가 채 끝나기도 전에 아버지는 빼내셨다,
내 생각으론 나를 죽일 것 같았던 바로 그 쇳조각을

이야기 내용은 기억나지 않지만 지금도 생생하다,
아버지의 목소리가, 어두운 빛깔의 물로 채워진 우물 소리와도 같고
기도 소리와도 같던 내 아버지의 목소리
그리고 아버지의 두 손이 기억에 선연하다,
부드러움으로 넘치는 두 개의 측량 도구와 같던 아버지의 두 손이,
내 얼굴에 얹으셨던 아버지의 손길이,
내 머리 위로 들어올리셨던
훈육의 불길과도 같던 아버지의 손길이

만일 당신이 과거의 그날 오후로 들어갔다면,
이렇게 생각했으리라, 어떤 한 남자가
한 소년의 손바닥에 무언가를,
은빛 눈물을, 자그마한 불길을 심고 있는 모습을 보았다고

그리고 그 소년을 따라갔다면,

이곳에, 내가 아내의 오른손 위에 고개를 숙이고 있는

바로 이곳에 이르렀으리라

보라, 아내가 고통을 느끼지 않도록

내가 얼마나 조심스럽게 내 아내의 엄지손톱을 쓰다듬어 내리는지를

가시를 뺀 다음 이를 들어올릴 때의 내 모습에 주목하라

아버지가 이렇게 내 손을 잡으셨을 때

나는 일곱 살이었다

그때 나는 쇳조각을

내 두 손가락 사이에 쥐고서

'나를 파묻을 쇳조각'이라 생각하지도 않았고,

그것을 '작은 암살자'라고 부르지도 않았으며,

'내 가슴 깊이 파고 들어갈 광물질'이라 하지도 않았다

그리고 또한 내 상처를 치켜들고

'죽음이 이곳을 방문했었다'고 소리치지도 않았다

다만 무언가 간직할 것을 받았을 때

아이가 그렇게 하듯이

아버지에게 뽀뽀를 해드렸을 뿐

《내 사랑하는 사람들의 잠든 모습을 보며》 나무생각

　손바닥에 쇠 가시가 박혔다면 얼마나 아팠을까. 그걸 빼내기 위해 칼을 들었을 때 아버지의 마음은 얼마나 조심스러웠을까. 그러나 자신의 두려운 마음을 가만히 누르고 낮은 목소리로 이야기를 시작하는 아버지. 아버지가 걱정스러운 표정을 지으면 아들은 더욱 두려워할 것이다. 아버지가 두려워하면 아들은 더 고통에 떨 것이다. 사랑스러운 얼굴로 이야기를 해주시던 아버지. 아들이 우물에서 울리는 소리, 기도 소리처럼 느꼈던 그 목소리는 평생 아버지란 존재를 그처럼 느끼게 해주고 있다. 부드러움으로 넘치는 두 개의 측량 도구 같던 아버지의 두 손.

　그런 아버지의 목소리를 들으며 아들도 아픔을 과장하지 않았고, 상처를 보며 소리치지 않았던 것이다. 아버지에게 고마움의 입맞춤을 해드렸을 뿐이다. 그러나 아픔 앞에서 아버지에게 배운 이런 삶의 자세는 어른이 되어 아내를 만나 살아갈 때도 그대로 나타나는 것이다. 아내의 손에 박힌 가시를 뺄 때만이 아니라, 고통 앞에서 고통을 과장하거나 하찮게 여기지 않고 침착하고 담담한 자세로 고통의 가시를 빼내며 살아가게 되는 것이다.

내가 너만한 아이였을 때

– 아들에게

민 영

내가 너만한 아이였을 때
늘 약골이라 놀림받았다
큰 아이한테는 떼밀려 쓰러지고
힘센 아이한테는 얻어맞았다

어떤 아이는 나에게
아버지 담배를 가져오라 시키고,
어떤 아이는 나에게
엄마 돈을 훔쳐오라고 시켰다

그럴 때마다 약골인 나는
나쁜 짓인 줄 알면서도 갖다 주었다
떼밀리는 게 싫었기 때문이다
얻어맞는 게 두려웠기 때문이다

그러던 어느 날 나는 생각했다
언제까지 이렇게 살아야 하나?
떼밀리고 얻어맞으며 지내야 하나?
그래서 나는 약골들을 모았다

모두 가랑잎 같은 친구들이었다
우리는 더 이상 비굴할 수 없다
얻어맞고 떼밀리며 살 수는 없다
어깨를 겨누고 힘을 모으자

처음에 친구들은 주춤거렸다
비실대며 꽁무니빼는 아이도 있었다
일곱이 가고 셋이 남았다
모두 가랑잎 같은 친구들이었다

우리는 약골이다
떼밀리고 얻어맞는 약골들이다
그러나, 약골도 뭉치면 힘이 커진다
가랑잎도 모이면 산이 된다

한 마리의 개미는 짓밟히지만,
열 마리가 모이면 지렁이도 움직이고
십만 마리가 덤벼들면 쥐도 잡는다
백만 마리가 달려들면 어떻게 될까?

코끼리도 그 앞에서는 뼈만 남는다
떼밀리면 다시 일어나자!
맞더라도 울지 말자!
약골의 송곳 같은 가시를 보여주자!

내가 너만한 아이였을 때
우리나라도 약골이라 불렸다
왜놈들은 우리 겨레를 채찍질하고
나라 없는 노예라고 업신여겼다

《엉겅퀴꽃》 창작과비평사

　세상에는 강자보다 약자가 더 많다. 힘으로 군림하는 사람보다 떼밀리고 얻어맞는 약골들이 더 많다. 어릴 때 한동네 사람 중에는 다른 아이를 때려 주고 오면 잘 했다고 칭찬하는 아버지가 있었다. 맞고 오면 화를 내지만, 치료비 물어줄 테니 두들겨패주라고 하는 아버지였다. 남한테 맞고 살아도 안 되지만 그렇다고 두들겨패고 오는 걸 잘 했다고 하는 것도 부모로서 할 말이 아니라고 생각한다. 사람들 중에는 강자에게 약하고 약자에게 강한 사람들이 있다. 비겁한 짓이다.

　약골들끼리 힘을 모아 강한 자에게 맞서라고 가르치는 부모는 많이 보지 못했다. 그러나 이 시의 아버지는 약골도 뭉치면 힘이 커진다고 가르친다. 우리나라가 왜놈들에게 채찍질당하고 업신여김을 당할 때 약한 자들끼리 힘을 모아 부당한 지배에 저항하고 힘을 의롭게 쓰라고 가르친 부모가 있었다면 진짜 부모다. 떼밀리면 다시 일어나고 맞더라도 울지 말라고 가르치는 부모여야 한다. 약골들도 뭉치면 힘이 커진다고 가르치는 부모여야 한다.

엄마가 아들에게 주는 시

랭스턴 휴즈

아들아, 난 너에게 말하고 싶다
인생은 내게 수정으로 된 계단이 아니었다는 걸
계단에는 못도 떨어져 있었고
가시도 있었다
그리고 판자에는 구멍이 났지
바닥엔 양탄자도 깔려 있지 않았다
맨바닥이었어

그러나 난 지금까지
멈추지 않고 계단을 올라왔다
층계참에도 도달하고
모퉁이도 돌고
때로는 전깃불도 없는 캄캄한 곳까지 올라갔지

그러니 아들아, 너도 돌아서지 말아라
계단 위에 주저앉지 말아라
왜냐하면 넌 지금
약간 힘든 것일 뿐이니까
너도 곧 그걸 알게 될 테니까
지금 주저앉으면 안 된다

왜냐하면 애야, 나도 아직

그 계단을 올라가고 있으니까

난 아직도 오르고 있다

그리고 인생은 내게

수정으로 된 계단이 아니었지

그렇다. 인생이란 보석으로 장식된 계단이 아니다. 우리가 올라야 할 계단에는 못도 떨어져 있고 가시도 있고 구멍도 나 있다. 그게 인생이다. 애초부터 양탄자가 깔린 길을 가는 게 인생이 아니다. 밑바닥부터 시작하는 것이다.

그러나 멈추지 않고 올라가야 하는 길이다. 모퉁이도 있고 구석진 곳도 있으며 불도 없는 캄캄한 곳을 지나야 할 때도 있다. 그러나 돌아서지 말라고 어머니는 말한다. 주저앉지 말라고 말한다. 어머니 역시 아직도 생의 계단을 올라가고 있기 때문이다. 살아 있는 한 끝없이 한 계단 한 계단 밟아 올라가야 하는 것이 인생이기 때문이다.

아들에게

문정희

아들아
너와 나 사이에는
신이 한 분 살고 계시나보다

왜 나는 너를 부를 때마다
이토록 간절해지는 것이며
네 뒷모습에 대고
언제나 기도를 하는 것일까?

네가 어렸을 땐
우리 사이에 다만
아주 조그맣고 어리신 신이 계셔서

사랑 한 알에도
우주가 녹아들곤 했는데

이제 쳐다보기만 해도
훌쩍 큰 키의 젊은 사랑아

너와 나 사이에는

무슨 신이 한 분 살고 계셔서

이렇게 긴 강물이 끝도 없이 흐를까?

《어린 사랑에게》 미래사

 이 세상 모든 어머니의 마음도 이와 같을 것이다. 아들의 이름을 부를 때
마다 간절해지고, 아들의 뒷모습에 대고 언제나 기도를 하는 마음, 어머니
의 마음이 이런 것이리라.

 아들과 어머니 사이에 신이 한 분 살고 계시기 때문에 이렇게 기도하게
되는 게 아닐까 하고 시의 화자는 말한다. 어려서야 어린 모습 그 자체가 신
을 닮아서 조그맣고 어리신 신이 계신다고 생각했는데, 이 어린 신과 같아
야 천국에 들어갈 수 있다고 생각했는데, 이제 어머니보다 더 키가 큰 아들
을 향해서도 늘 신을 생각하게 하는 걸 보며 어머니는 인연의 긴 강물을 떠
올린다.

 사랑이라는 이름의 신, 신이 이어주고 신이 지켜주는 사랑의 긴 강물을.

온라인

이복희

나는 오늘 너에게 사랑을 무통장으로 입금시켰다

온라인으로 전산 처리되는 나의 사랑은

몇 자리의 숫자로 너의 통장에 찍힐 것이다

오늘 날짜는 생략하기로 하자

의뢰인이 나였고 수취인이 너였다는 사실만 기억했으면 한다

통장에 사랑이 무수히 송금되면

너는 전국 어디서나 필요한 만큼 인출하여 유용할 수 있고

너의 비밀 구좌에 다만 사랑을 적립하고픈

이 세상 어디에서도 우리

채권자와 채무자의 관계로서는 사랑하지 말자

오늘도 나는 은행으로 들어간다

무통장 입금증에 네 영혼의 계좌 번호를 적어 넣고

내가 가진 얼마간의 사랑을 송금시킨다

《사랑도 아프터 서비스를 받을 수 있다면》 문학마을

사람이 사람에게 줄 수 있는 것이 정기적으로 건네는 돈이 전부라면 사람 사이는 얼마나 삭막할 것인가. 기계적으로 입금시키고 기계적으로 찾아가는 물질적 관계로 전락하여 버리고 말았다면 그건 인간적인 관계가 끝나버린 것이리라.

　알게 모르게 물질적인 가치로 계산하고 물질화되어가는 세상살이를 비판하며 이 시의 화자는 의무로써 사랑하지 말고, 빚이라 여기고 갚을 생각을 하는 관계로 인간이 맺어져서는 안 된다고 말한다.

　오늘 내가 너에게 건네는 것은 사랑이어야 하는 것이다. 모든 것이 전산화되고 수치화되어 나타나는 세상이 되었지만 우리가 보내고 받고 적립하는 것이 사랑이 되길 바라는 것이다. 설령 돈을 보냈다 할지라도 내가 적은 것이 영혼의 계좌 번호이기를 바라는 것이다.

겨울의 춤

곽재구

첫눈이 오기 전에

추억의 창문을 손질해야겠다

지난 계절 쌓인 허무와 슬픔

먼지처럼 훌훌 털어내고

삐걱이는 창틀 가장자리에

기다림의 새 못을 쳐야겠다

무의미하게 드리워진 낡은 커튼을 걷어내고

영하의 칼바람에도 스러지지 않는

작은 호롱불 하나 밝혀두어야겠다

그리고 춤을 익혀야겠다

바람에 들판의 갈대들이 서걱이듯

새들의 목소리가 숲속에 흩날리듯

낙엽 아래 작은 시냇물이 노래하듯

차갑고도 빛나는 겨울의 춤을 익혀야겠다

바라보면 세상은 아름다운 곳

뜨거운 사랑과 노동과 혁명과 감동이

함께 어울려 새 세상의 진보를 꿈꾸는 곳

끌어안으면 겨울은 오히려 따뜻한 것

한 칸 구들의 온기와 희망으로

식구들의 긴 겨울잠을 덥힐 수 있는 것

그러므로 채찍처럼 달려드는

겨울의 추억은 소중한 것

쓰리고 아프고 멍들고 얼얼한

겨울의 기다림은 아름다운 것

첫눈이 내리기 전에

추억의 창문을 열어젖혀야겠다

죽은 새소리 뒹구는 들판에서

새봄을 기다리는

초록빛 춤을 추어야겠다

〈서울 세노야〉 문학과지성사

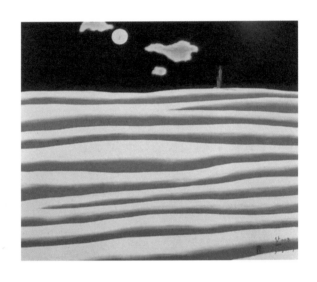

　우리 인생에는 가을이 있고 겨울이 있다. 허무하고 슬픈 날이 있고, 춥고 쓰리고 아프고 멍들고 얼얼한 날들이 있다. 그러나 영원히 계속되는 가을 겨울은 없다. 우리가 다시 기다림의 새 못을 치면서 낡은 삶을 걷어내고 고치고 호롱불 같은 것이라도 다시 밝혀야 하는 것은 봄이 반드시 올 것이기 때문이다.

　"바라보면 세상은 아름다운 곳 / 뜨거운 사랑과 노동과 혁명과 감동이 / 함께 어울려 새 세상의 진보를 꿈꾸는 곳 / 끌어안으면 겨울은 오히려 따뜻한 것"이라고 시의 화자는 말한다. 사랑이 있고 노동과 감동이 있어서 그래도 세상은 조금씩 진보해 나가는 것이다. 춥기 때문에 겨울에는 서로 끌어안게 되고 그래서 오히려 따뜻한 것이다. 한 칸 구들만 덥혀도 식구들이 온기와 희망을 안고 잠들 수 있는 게 우리 인생이다. 그래서 다시 봄을 기다리는 초록빛 춤, 생명의 춤, 신명의 춤으로 자신을 일으켜 세워야 하는 것이다.

아이들을 위한 기도

김시천

당신이 이 세상을 있게 한 것처럼
아이들이 나를 그처럼 있게 해주소서
불러 있게 하지 마시고
내가 먼저 찾아가 아이들 앞에
겸허히 서게 해주소서
열을 가르치려는 욕심보다
하나를 바르게 가르치는 소박함을
알게 하소서
위선으로 아름답기보다는
진실로써 피 흘리길 차라리 바라오며
아이들의 앞에 서는 자 되기보다
아이들의 뒤에 서는 자 되기를
바라나이다
당신에게 바치는 기도보다도
아이들에게 바치는 사랑이 더 크게 해주시고
소리로 요란하지 않고
마음으로 말하는 법을 깨우쳐주소서
당신이 비를 내리는 일처럼
꽃밭에 물을 주는 마음을 일러주시고
아이들의 이름을 꽃처럼 가꾸는 기쁨을

남 몰래 키워가는 비밀 하나를

끝내 지키도록 해주소서

흙먼지로 돌아가는 날까지

그들을 결코 배반하지 않게 해주시고

그리고 마침내 다시 돌아와

그들 곁에 순한 바람으로

머물게 하소서

저 들판에 나무가 자라는 것처럼

우리 또한 착하고 바르게 살고자 할 뿐입니다

저 들판에 바람이 그치지 않는 것처럼

우리 또한 우리들의 믿음을 지키고자 할 뿐입니다

《시에게 길을 물었네》 문학마을사

　아이들을 위해서 기도해본 적이 있을 것이다. 무슨 기도를 했을까. 건강과 지혜, 총명함과 성공, 화목과 순종…. 많은 것을 달라고 기도했을 것이다.

　그러나 '열을 가르치려는 욕심보다 하나를 바르게 가르치는 소박함'을 알게 해달라고 기도해본 적은 있는지. '소리로 요란하지 않고 마음으로 말하는 법을 깨우쳐' 달라고 기도해본 적은 있는지.

　우리는 너무 많은 것을 가르치려 하고 끊임없이 채찍질하며 아이들 앞에서서 아이를 끌고 가려 하고 있지는 않는지. 진정으로 하나를 바르게 가르치고자 애쓰며 꽃밭에 물을 주는 마음으로 아이를 가꾸고 돌보고 있다고 대답할 수 있는지. 부모가 되어서 아이들을 위해 이렇게 기도할 수 있는지 눈감고 조용히 생각해보아야 한다.

자녀가 부모님께 드리는 시

동구 밖 고목나무 한가운데 커다랗게 뚫
려 있는 구멍을 보다가 어머니 생각을 한
다. 나도 어머니 가슴에 저렇게 커다란 구멍을 뚫
어 놓은 건 아닐까. 가슴에 구멍을 뚫어 놓고는 모
른 척하고 돌아선 뒤 잊어버린 건 아닐까. 아니, 어
머니의 삶을 싹둑 베어버리진 않았을까. 그런 것
같다. 내가 그런 것 같다. 고목처럼 늙으신 어머니
가슴에 휑한 바람이 들락거리도록 만든 게 나인
것 같다.

억 새

저녁 호수의 물빛이 억새풀빛인걸 보니

가을도 깊었습니다

가을이 깊어지면 어머니,

억새풀밖에 마음 둘 데가 없습니다

억새들도 이젠 그런 내 맘을 아는지

잔잔한 가을 햇살을 따서

하나씩 들판에 뿌리며 내 뒤를 따라오거나

고갯마루에 먼저 와 여린 손을 흔듭니다

저도 가벼운 몸 하나로 서서 함께 흔들리는

이런 저녁이면 어머니 당신 생각이 간절합니다

억새풀처럼 평생을 잔잔한 몸짓으로 사신

어머니, 올 가을 이 고개를 넘으면 이제 저는

많은 것을 내려놓고 저무는 길을 향해

걸어 내려가려 합니다

세상의 불빛과는 조금

거리를 둔 곳으로 가고자 합니다

가진 것이 많지 않고 힘이 넘치는

자리에 앉아 본 적이 없는지라

어머니를 크게 기쁘게 해드리지 못하였지만

제가 가슴 아파하는 것은

어머니의 평범한 소망을

채워드리지 못한 점입니다

험한 일 겪지 않고 마음 편하고 화목하게만

살아달라는 소망

아프지 말고 아이들 잘 키우고 남에게 엄한 소리

듣지 말고 살면 된다는 소박한 바램

그 중 어느 하나도 들어드리지 못하였습니다

험한 길을 택해 걸었기 때문에

내가 밟은 벼룻길 자갈돌이

어머니 가슴으로 떨어지는 소리만

수없이 들어야 했습니다

내가 드린 것은 어머니를 벌판 끝에 세워놓고

억새같이 떨게 만든 세월뿐이었습니다

어머니는 점점 사위어 가는데

다시 가을이 깊어지고

바람은 하루가 다르게 차가워져

우리가 넘어야 할 산 너머엔 벌써

겨울 그림자 서성댑니다

오늘은 서쪽하늘도

억새풀밭을 이루어 하늘은

억새구름으로 가득합니다

하늘로 옮겨간 억새밭 사잇길로 어머니가

천천히 천천히 걸어가는 게 보입니다

고갯마루에 앉아 오래도록

그 모습을 바라보고 있는 동안

하늘에서도 억새풀이 바람에 날려 흩어집니다

반짝이며, 저무는 가을 햇살을 묻힌 채

잠깐씩 반짝이며

억새풀, 억새풀 잎들이,

〈신생 2004년 봄호〉 전망

　늙으신 어머니, 여생이 많이 남아 있지 않은 어머니를 생각하면 가슴이
아프다. 그 중에서도 어머니의 소원을 들어드리지 못한 게 마음에 걸려 아
프다. 어머니의 소망은 거창한 게 아니었다. 험한 일 겪지 않고 마음 편하고
화목하게 살아달라는 게 바람이셨다. 아프지 말고 아이들 잘 키우고 남에게
엄한 소리 듣지 말고 살면 된다는 소박한 소망.

　그러나 그 어느 하나도 제대로 들어드리지 못했다. 잘나지도 않았으면서
험한 길을 택해 걸었고 그래서 마음 편하게 해드릴 수 없었다. 병으로 고생
했고 아이들 잘 돌보고 키우는 일보다 바깥일에 매달렸고 그러는 동안 욕도
먹고 비난도 많이 받는 걸 어머니도 아셨다.

　억새같이 연약한 어머니를 평생 벌판 끝에 세워놓고 가슴 졸이게 만들었
다. 억새를 보면서 마음 아프다. 그러나 세월은 사람을 기다려주지 않으니
어찌하면 좋단 말인가.

못 위의 잠

나희덕

저 지붕 아래 제비집 너무도 작아

갓 태어난 새끼들만으로 가득 차고

어미는 둥지를 날개로 덮은 채 간신히 잠들었습니다

바로 그 옆에 누가 박아놓았을까요, 못 하나

그 못이 아니었다면

아비는 어디서 밤을 지냈을까요

못 위에 앉아 밤새 꾸벅거리는 제비를

눈이 뜨겁도록 올려다봅니다

종암동 버스정류장, 흙바람은 불어오고

한 사내가 아이 셋을 데리고 마중 나온 모습

수많은 버스를 보내고 나서야

피곤에 지친 한 여자가 내리고, 그 창백함 때문에

반쪽난 달빛은 또 얼마나 창백했던가요

아이들은 달려가 엄마의 옷자락을 잡고

제자리에 선 채 달빛을 좀더 바라보던

사내의, 그 마음을 오늘밤은 알 것도 같습니다

실업의 호주머니에서 만져지던

때묻은 호두알은 쉽게 깨어지지 않고

그럴듯한 집 한 채 짓는 대신

못 하나 위에서 견디는 것으로 살아온 아비,

거리에선 아직도 흙바람이 몰려오나봐요

돌아오는 길 희미한 달빛은 그런대로

식구들의 손잡은 그림자를 만들어주기도 했지만

그러기엔 골목이 너무 좁았고

늘 한 걸음 늦게 따라오던 아버지의 그림자

그 꾸벅거림을 기억나게 하는

못 하나, 그 위의 잠

《그 말이 잎을 물들였다》 창작과비평사

　지붕 아래 제비집을 본다. 갓 태어난 새끼들이 가득 차 있다. 어미는 그 새끼들을 날개로 덮은 채 잠들었다. 그런데 그 옆, 벽에 박힌 못에서 밤새 꾸벅거리며 졸고 있는 아비 제비를 본다. 그러다가 아버지를 생각한다.

　일 나갔다 피곤에 지쳐 돌아오는 어머니를 기다리던 아이 셋과 달려가 엄마의 옷자락을 잡는 아이들을 제자리에 서서 바라보던 아버지. 실업의 아버지를 떠올린다. 실업의 호주머니에 손을 넣고 있는 힘을 다해 호두알을 움켜쥐던 아버지. 늘 한 걸음 늦게 따라오던 아버지의 모습을 기억한다. 못 하나, 그 위에서 꾸벅거리는 제비를 보며.

이 세상의 밥상

황지우

병원에서 한 고비를 넘기고 나오셨지만

어머님이 예전 같지 않게 정신이 가물거리신다

감색 양복의 손님을 두고 아우 잡으러 온

안기부나 정보과 형사라고 고집하실 때,

아궁이에 불지핀다고 안방에서 자꾸 성냥불을 켜시곤 할 때,

내 이 슬픔을 어찌 말로 할 수 있으랴?

내가 잠시 들어가 고생 좀 했을 때나

아우가 밤낮없는 수배생활을 하고 있을 때,

새벽 교회 찬 마루에 엎드려 통곡하던

그 하나님을

이제 어머님은 더 이상 부르실 줄 모른다

당신의, 이 영혼의 정전에 대해서라면

내가 도망쳐나온 신전의 호주를 부르며

다시 한 번 개종하고자 하였으나

할렐루야 기도원에 모시고 갔는데도 당신은

내내 멍한 얼굴로 사람을 북받치게 한다

일전엔 정신이 나셨는지 아내에게

당신의 금십자가 목걸일 물려주시며,

이게 다 무슨 소용 있다냐, 하시는 거다

당신이 금을 내놓으시든 십자가를 물려주시든

어머님이 이쪽을 정리하고 있다고 느껴

난 맬겁시 당신께 버럭 화를 냈지만

최후에 십자가마저 내려놓으신 게 섬뜩했다:

어머니, 이것 없이 정말 혼자서 건너가실 수 있겠어요?

전주예수병원에 다녀온 날, 당신 좋아하시는

생선 반찬으로 상을 올려도 잘 드시질 않는다

병든 노모와 앉은 겸상은 제사상 같다

내가 고기를 뜯어 당신 밥에 올려드리지만

당신은, "입맛 있을 때 너나 많이 들어라" 하신다

목에 가시도 아닌 것이 걸려 거실로 나왔는데

TV에 베로나 월드컵 공이

살아서 펄펄 날뛰고 있다

《어느 날 나는 흐린 주점에 앉아 있을 거다》 문학과지성사

치매에 걸려 가장 가슴에 맺히던 몇 가지만을 기억하고 계시는 어머니. 육신은 아직 살아 있으시되 영혼의 불은 정전이 되신 어머니. 그 어머니와 마주앉아 먹는 밥상이 제사상처럼 느껴지는 아들의 심정이 너무도 생생하게 그려져 있어 시를 읽는 이의 목에도 가시 같은 게 걸린 것 같다.

젊은 날 자식들은 감옥을 드나들거나 밤낮 없는 수배생활로 인해 어머니가 새벽 교회 찬 마루에 엎드려 통곡하며 하나님을 부르게 만들었다. 그래서 손님을 보고 안기부나 정보과 형사라고 고집하신다. 그 많은 기억이 사라진 뒤에도 아직 자식 잡으러 온 사람들로 인한 충격이 남아서 자식들의 마음을 찢어지게 한다.

그렇게 의지하던 하나님을 내려놓고 어떻게 이승의 강을 건너가실 수 있을지 자식의 가슴은 슬픔으로 북받쳐 오른다. 개인적 슬픔이면서 시대의 아픔이기도 한 이런 비극이 세상에선 그저 지극히 개인적인 아픔으로 축소되고 있고, 세상은 세상의 관성으로 흘러가고 있을 뿐이다. 그래서 더 속상하다.

부 모

김소월

낙엽이 우수수 떨어질 때,
겨울의 기나긴 밤,
어머님하고 둘이 앉아
옛이야기 들어라

나는 어쩌면 생겨나와
이 이야기 듣는가?
묻지도 말아라, 내일 날에
내가 부모 되어서 알아보랴?

《진달래꽃》 미래사

　　낙엽이 우수수 소리를 내며 떨어지는 밤, 어머님과 둘이 앉아 옛이야기를
듣는다. 그러다 문득 생각해본다. 나는 어쩌다가 생겨나와서 이 이야기를
듣고 있는가. 꼭 대답을 듣고 싶어서가 아니다. 지금 어머님과 나, 그리고
나중에 다시 어느 아이의 부모가 되어 있을 나, 그렇게 이어오고 이어가는
우리들 생의 근원은 깊고도 깊다.

고향의 천정

이성선

밭둑에서 나는 바람과 놀고
할머니는 메밀밭에서
메밀을 꺾고 계셨습니다

늦여름의 하늘빛이 메밀꽃 위에 빛나고
메밀꽃 사이사이로 할머니는 가끔
나와 바람의 장난을 살피시었습니다

해마다 밭둑에서 자라고
아주 커서도 덜 자란 나는
늘 그러했습니다만

할머니는 저승으로 가버리시고
나도 벌써 몇 년인가
그 일은 까맣게 잊어버린 후

오늘 저녁 멍석을 펴고
마당에 누우니

온 하늘 가득

별로 피어 있는 어릴 적 메밀꽃

할머니는 나를 두고 메밀밭만 저승까지 가져가시어

날마다 저녁이면 메밀밭을 매시며

메밀밭 사이사이로 나를 살피고 계셨습니다

<별 아래 잠든 시인> 문학사상사

  늦여름 저녁 멍석을 펴고 마당에 누웠다. 밤하늘 가득 별이 떴다. 얼마나
많이 떴는지 별들이 어릴 적 메밀밭처럼 느껴진다. 어릴 적 그 메밀밭에서
할머니는 메밀을 꺾고 계셨다. 그러다 가끔 밭둑에서 노는 나를 살피곤 하
셨다. 그 할머니 돌아가신 지 오래되었다.

  그런데 오늘 저녁 문득 할머니가 저승까지 메밀밭을 가져가시어 저녁이
면 메밀밭을 매시며 메밀밭 사이사이로 아직도 어리게만 보이는 나를 살피
고 계시는 것처럼 느껴진다. 이승에서 아직도 잘 있는지, 어디 위험한 곳으
로 가고 있지는 않는지, 못 먹을 걸 집어 먹고 있지는 않는지, 걱정이 되어
밤마다 나를 살피고 계시는 것처럼 생각된다.

  할머니, 우리 할머니!

서홍 김씨 내간
– 아들에게

이동순

그해 피난 가서 내가 너를 낳았고나
먹을 것도 없어 날감자나 깎아 먹고
산후구완을 못해 부황이 들었단다
산지기집 봉당에 멍석 깔고
너는 내 옆에 누워 죽어라고 울었다
그해 여름 삼복의 산골
너의 형들은 난리의 뜻도 모르고
밤나무 그늘에 모여 공깃돌을 만지다가
공중을 날아가는 포성에 놀라
움막으로 쫓겨와서 나를 부를 때
우리 출이 어린 너의 두 귀를 부여안고
숨죽이며 울던 일이 생각이 난다
어느 날 네 아비는 빈 마을로 내려가서
인민군이 쏘아 죽인 누렁이를 메고 왔다
언제나 사립문에서 꼬릴 내젓던
이제는 피에 젖어 늘어진 누렁이
우리 식구는 눈물로 그것을 끓여 먹고
끝까지 살아서 좋은 세상 보고 가자며
말끝을 흐리던 늙은 네 아비
일본 구주로 돈벌러 가서

남의 땅 부두에서 등짐 지고 모은 품삯

돌아와 한밭보에 논마지기 장만하고

하루 종일 축대쌓기를 낙으로 삼던 네 아비

아직도 근력 좋게 잘 계시느냐

우리가 살던 지동댁 그 빈 집터에

앵두꽃은 피어서 흐드러지고

네가 태어난 산골에 봄이 왔구나

아이구 피난 피난 말도 말아라

대포소리 기관포소리 말도 말아라

우리 모자가 함께 흘린 그해의 땀방울들이

지금 이 나라의 산수유꽃으로 피어나서

그 향내 바람에 실려와 잠든 나를 깨우니

출아 출아 내 늬가 보고접어 못 견디겠다

행여나 자란 너를 만난다 한들

네가 이 어미를 몰라보면 어떻게 할꼬

무덤 속에서 어미 쓰노라

* 서흥 김씨 : 필자의 어머니 김기봉. 지동댁은 그의 택호. 1951년 타계.

《개밥풀》 창작과비평사

어머니가 살던 집 빈터에 앵두꽃이 흐드러지게 피었다. 어머니
는 전쟁 중에 피난 가서 나를 낳고는 산후구완을 못해 부황이
들었고 끝내 세상을 뜨셨다. 산지기집 봉당에 멍석을 깔고 어
린 나는 죽어라고 울었고, 포탄이 터지는 소리에 놀라 내 귀를
부여안고 어머니는 숨죽이며 우셨다.

그해 여름 어머니와 내가 흘린 땀방울이 어쩌면 이 땅의 산수
유꽃으로 피어났는지도 모르겠다. 봄이 와 꽃은 피어도 한번 가신 어머니는
다시 오지 못하고 내가 이렇게 어머니를 보고 싶어하는 것처럼 어쩌면 어머
니도 나를 보고 싶어하실지 모르겠다. 일제강점기 때 일본으로 돈벌러 가서
부두에서 등짐 지고 모은 품삯으로 논을 장만하시던 아버지가 보고 싶기도
하실 것이다.

그러나 어머니는 어린 나를 낳고 이듬해 돌아가셔서 장성한 나를 몰라보시
면 어떻게 할지 그게 또 걱정이다. 어머니가 편지를 쓸 수 있다면 이렇게 쓰
셨을지도 모른다는 생각이 아프고 아름다운 시 한 편을 세상에 남기고 있
다.

장 날

고재종

바구니를 이고 새벽길 떠난 어머니는 들지름 한 접시 다 타
도록 돌아오지 않는데 멀리 이리목에선 여시가 울고 썩은 고
구마 몇 개와 싱건지 한 사발로 동생들은 깊은 허기를 서로 다
투던 날

싸래기눈 치는 소리 아득한 봉창가에 귀를 대이고 할매는 자
꾸만 사위어 가는 화롯불을 다독이고 그때쯤이면 서울로 내뺀
누나와 군인 간 성 그리고 강원도 어디 탄광으로 갔다는 뜨내
기 아버지가 원망보다 더한 그리움으로 천장무늬에 어리었다

뒤란 대밭 속에서 속절없는 살가지 부엉이 울음소리에 놀라
동생들은 고랑내 나는 이불 속으로 숨어 끝내 잠들고 그러고
나면 쪽문짝 문풍지는 꼭이 무슨 아홉 뿔 달린 귀신처럼 어찌
그리 울어예던지

마침내 동구 밖 개 짖는 소리 귀청 가득 생생할 쯤, 마지막
불씨 몇 개 남은 화롯불 다독이면 시퍼렇게 얼은 간난이를 업
고 어머니는 그때사 보리쌀 두어 됫박의 눈발 쓴 보따리를 시
커먼 마루청에 터엉 부리시곤 하던 날

《바람 부는 솔숲에 사랑은 머물고》 실천문학사

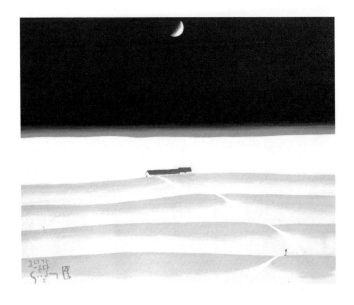

대바구니를 팔러 장에 간 어머니를 기다리는 겨울밤은 길다. 겨울밤처럼 허기도 깊다. 동생들과 나는 고구마 몇 개와 싱건지 한 사발로 저녁을 때웠다. 접시에 담긴 들기름불이 다 타도록 어머니는 오지 않았다. 누나는 가출하여 서울로 갔고, 형은 군대에 가 있으며, 아버지는 강원도 탄광으로 일을 하러 갔다. 허기진 몸으로 누워 바라다보는 천장에 누나와 형과 아버지의 얼굴이 어린다. 어린 우리들을 버리고 가버린 그들을 원망하기도 했지만 원망보다는 그리움이 더 크다.

어머니가 대나무 바구니를 만들어 팔아서 남은 가족들을 먹여 살리고 있다. 바깥에는 싸락눈이 오는데 화롯불은 점점 사위어 가고 춥고 배고픈 시간 다음에는 무서움이 찾아와 문풍지를 흔들었다.

그때쯤 동구 밖 개 짖는 소리 들리고 시퍼렇게 언 막내 동생을 업고 밤길을 걸어오신 어머니! 그 어머니가 눈발이 가득한 보리쌀 보따리를 마루 위에 내려놓는데, 그 소리 어른이 된 지금에도 터엉 하고 들린다. 그 소리 아직도 살아서 가슴을 터엉 하고 때린다.

아버지의 그늘

신경림

툭하면 아버지는 오밤중에
취해서 널브러진 색시를 업고 들어왔다
어머니는 입을 꾹 다문 채 술국을 끓이고
할머니는 집안이 망했다고 종주먹질을 해댔지만,
며칠이고 집에서 빠져나가지 않는
값싼 향수내가 나는 싫었다
아버지는 종종 장바닥에서
품삯을 못 받은 광부들한테 멱살을 잡히기도 하고,
그들과 어울려 핫바지춤을 추기도 했다
빚 받으러 와 사랑방에 죽치고 앉아 내게
술과 담배 심부름을 시키는 화약장수도 있었다

아버지를 증오하면서 나는 자랐다
아버지가 하는 일은 결코 하지 않겠노라고,
이것이 내 평생의 좌우명이 되었다
나는 빚을 질 일을 하지 않았다,
취한 색시를 업고 다니지 않았고,
노름으로 밤을 지새지 않았다
아버지는 이런 아들이 오히려 장하다 했고
나는 기고만장했다, 그리고 이제 나도

아버지가 중풍으로 쓰러진 나이를 넘었지만

나는 내가 잘못했다고 생각한 일이 없다,
일생을 아들의 반면교사로 산 아버지를
가엾다고 생각한 일도 없다, 그래서
나는 늘 당당하고 떳떳했는데 문득
거울을 보다가 놀란다, 나는 간 곳이 없고
나약하고 소심해진 아버지만이 있어서
취한 색시를 안고 대낮에 거리를 활보하고,
호기 있게 광산에서 돈을 뿌리던 아버지 대신,
그 거울 속에는 인사동에서도 종로에서도
제대로 기 한번 못 펴고 큰소리 한번 못 치는
늙고 초라한 아버지만이 있다

《어머니와 할머니의 실루엣》 창작과비평사

　자라면서 아버지를 미워하는 사람들이 많다. 아버지처럼 살지 말아야지 하고 맹세를 하기도 한다. 아버지의 버릇, 아버지의 말, 아버지의 허세, 아버지의 삶이 미워 반면교사의 삶을 사는 사람도 많다. 그래서 아버지처럼 살지 않으면 사람답게 사는 거라고 믿기도 한다.

　그러던 어느 날, 문득 거울을 보다가 내 얼굴에서 아버지를 발견하고는 놀란다. 당당하고 호기 있던 아버지가 아니라 나약하고 소심하던 아버지가 거기 있는 것이다. 아버지를 닮지 않으려고 했지만 아버지의 나이가 되어가면서 이미 내 안에 아버지가 들어와 있었던 것이다.

아버지의 등을 밀며

손택수

아버지는 단 한 번도 아들을 데리고 목욕탕엘 가지 않았다

여덟 살 무렵까지 나는 할 수 없이

누이들과 함께 어머니 손을 잡고 여탕엘 들어가야 했다

누가 물으면 어머니가 미리 일러준 대로

다섯 살이라고 거짓말을 하곤 했는데

언젠가 한번은 입 속에 준비해둔 다섯 살 대신

일곱 살이 튀어나와 곤욕을 치르기도 하였다

나이보다 실하게 여물었구나, 누가 고추를 만지기라도 하면

잔뜩 성이 나서 물 속으로 텀벙 뛰어들던 목욕탕

어머니를 따라갈 수 없으리만치 커버린 뒤론

함께 와서 서로 등을 밀어주는 부자들을

은근히 부러운 눈으로 바라보곤 하였다

그때마다 혼자서 원망했고, 좀더 철이 들어서는

돈이 무서워서 목욕탕도 가지 않는 걸 거라고

아무렇게나 함부로 비난했던 아버지

등짝에 살이 시커멓게 죽은 지게자국을 본 건

당신이 쓰러지고 난 뒤의 일이다

의식을 잃고 쓰러져 병원까지 실려온 뒤의 일이다

그렇게 밀어드리고 싶었지만, 부끄러워서 차마

자식에게도 보여줄 수 없었던 등

해 지면 달 지고, 달 지면 해를 지고 걸어온 길 끝

적막하디적막한 등짝에 낙인처럼 찍혀 지워지지 않는 지게자국

아버지는 병원 욕실에 업혀 들어와서야 비로소

자식의 소원 하나를 들어주신 것이었다

〈호랑이 발자국〉 창작과비평사

　의식을 잃고 쓰러져 병원에 실려 온 아버지. 병원 욕실에서 아버지의 등을
민다. 자식은 아버지의 등에서 시커멓게 죽은 지게자국을 본다. 평생 지게를
지고 걸어온 아버지의 인생이 거기 낙인처럼 찍혀 있다.

　아버지의 지게자국을 보며 목욕탕에서 서로 등을 밀어주는 아버지와 아
들의 모습을 부러운 눈으로 바라보던 날을 떠올린다. 다정한 부자지간이 아
닌 것이 원망스럽기도 했었고, 돈 때문에 목욕탕에 가지 않는 거라고 비난
했던 말들이 떠오르며 자식은 가슴이 미어지게 아파온다. 그러나 아무 말
안 하고 말없이 아버지의 등을 민다.

　아버지이지만 자식에게도 보여주고 싶지 않은 부끄러운 자국이 있었던
것이다. 노동의 흔적이면서 가난으로 인한 흉터이기도 한 지게자국. 아버지
처럼 살에 낙인이 찍히는 삶을 너는 살지 말라는 말을 하고 싶었으면서도
감추고 살아온 자국을 본다. 자식의 가슴에 낙인처럼 깊게 박히는 두 줄의
지게자국.

어머니 3

내가
그러진 않았을까

동구 밖
가슴살 다 열어 놓은
고목나무 한 그루

그 한가운데
저렇게 큰 구멍을
뚫어 놓고서

모른 척 돌아선 뒤
잊어버리진 않았을까
아예, 베어버리진 않았을까

《시에게 길을 물었네》 문학마을사

　동구 밖 고목나무 한가운데 커다랗게 뚫려 있는 구멍을 보다가 어머니 생각을 한다. 나도 어머니 가슴에 저렇게 커다란 구멍을 뚫어 놓은 건 아닐까. 가슴에 구멍을 뚫어 놓고는 모른 척하고 돌아선 뒤 잊어버린 건 아닐까. 아니, 어머니의 삶을 싹둑 베어버리진 않았을까. 그런 것 같다. 내가 그런 것 같다. 고목처럼 늙으신 어머니 가슴에 횅한 바람이 들락거리도록 만든 게 나인 것 같다.

저 모성(母性)!

정일근

눈 내리는 성탄(聖誕) 아침

우리 집 개가 혼자서 제 새끼들을 낳고 있다

어미가 있어 가르친 것도 아니고

사람의 손이 돕지도 않는데

새끼를 낳고 태를 끊고 젖을 물린다

찬 바람 드는 곳을 제 몸으로 막고

오직 몸의 온기로 만드는 따뜻한 요람에서

제 피를 녹여 새끼를 만들고

제 살을 녹여 젖을 물리는 모성(母性) 앞에

나는 한참이나 눈물겨워진다

모성은 신성(神性) 이전에 만들어졌을 것이니

하찮은 것들이라 할지라도, 저 모성 앞에

오늘은 성탄절, 동방박사가 찾아와 축복해 주실 것이다

몸 구석구석 핥아주고

배내똥도 핥아주고

핥고 핥아서 제 생명의 등불 밝히는

저 모성 앞에서

〈마당으로 출근하는 시인〉 문학사상사

　새끼를 향한 어미의 모성은 짐승이라고 다르지 않다. 누가 가르쳐주지도 않았는데도 저 혼자 새끼를 낳고 태를 끊고 젖을 물린다. 찬 바람 드는 곳은 제 몸으로 막고, 몸 구석구석과 배내똥까지 핥아주는 모성 앞에서 화자는 눈물겨워한다.

　오늘은 말구유에서 아기 예수가 태어난 걸 기뻐하는 성탄절 아침. 우리가 경배해야 할 것은 아기 예수만이 아님을 이 시는 가르쳐준다. 모성은 신성 이전에 만들어졌을 것이라고 한다. 제 피를 녹여 새끼를 만들고 생명의 등 불을 밝혀가는 건 사람이고 짐승이고 다를 바 없다. 모두 다 동방박사 찾아 와 축복해주시리라.

화염 경배

이면우

보일러 새벽 가동중 화염투시구로 연소실을 본다
고맙다 저 불길, 참 오래 날 먹여 살렸다 밥, 돼지고기, 공납금이
다 저기서 나왔다 녹차의 쓸쓸함도 따라나왔다 내 가족의
웃음, 눈물이 저 불길 속에 함께 타올랐다

불길 속에서 마술처럼 음식을 끄집어내는
여자를 경배하듯 나는 불길에게 일찍 붉은 마음을 들어 바쳤다
불길과 여자는 함께 뜨겁고 서늘하다 나는 나지막이
말을 건넨다 그래, 지금처럼 나와
가족을 지켜다오 때가 되면

육신을 들어 네게 바치겠다

《아무도 울지 않는 밤은 없다》 창작과비평사

농부는 흙에서 밥을 얻는다. 목수는 나무에서 밥을 얻고 선생은 학생들에게서 밥을 얻는다. 보일러공은 어디서 밥이 나올까. 보일러의 불꽃에서 밥을 얻는다. 농부에게 흙이 하느님이고 선생에게 학생들이 하느님이라면 보일러공에게는 보일러의 불길이 부처님이다.

보일러 속의 불길이 가족들을 먹여 살린 것이다. 밥, 돼지고기, 공납금이 다 불길 속에서 나왔다. 불길이 잘 타면 가족들에게 웃음을 선사할 수 있었고 불길이 꺼지는 기간은 가족들이 눈물을 흘려야 했다. 오래오래 가족을 지켜준 보일러의 불꽃. 아버지의 뜨거운 노동의 불길이 가족을 지켜온 것이다. 때가 되면 불길에 육신을 들어 바치겠다고 말하는 것도 가족을 지켜준 고마움 때문이리라.

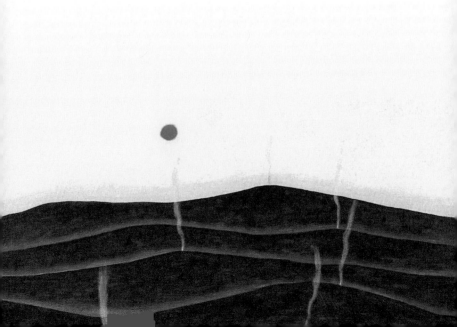

민물새우는 된장을 좋아한다

이재무

민물새우는 된장을 좋아한다 소문난 악동들 따라 나도 소쿠리에 된장주머니 달아놓고 저수지 가생이에 담가놓는다 미역 즐기다 해거름 출출해지면 소쿠리 건져 올린다 된장주머니 둘레에 새까맣게 민물새우떼가 매달려 있다 그걸 담은 주전자가 제법 묵직하다 집으로 돌아오다 남의 집 담장 위 더운 땀 흘리는 앳된 애호박 푸른 웃음 꼭지 비틀어 딴 후 사립에 들어선다 막 밭일 마치고 돌아와 뜰팡에서 몸에 묻은 흙먼지 맨수건으로 터는 엄니는, 한 손에 든 주전자와 또 한 손에 든 애호박 담긴 소쿠리 번갈아 바라보다가 지청구 한 마디 빼지 않는다 "저런 호로자식을 봤나, 싹수 노란 것이 애시당초 큰일 하긴 글렀다, 간뎅이가 부어도 유만부동이지 남의 농사 집어오면 워쩐다냐 워쩌하길" 그런데도 얼굴 표정 켜놓은 박속 같다 아들은 눈치가 빠르다 다음날, 또 다음날도 서리는 계속된다 된장 밝히다 죽은 새우는 애호박과 함께 된장국에 끓여져 식구들 입맛 돋우곤 하였다 그런 날 할머니의 트림 소리는 냇둑 너머까지 들리고 달은 우물 옆 팽나무 가지 휘청하도록 크게 열렸다

《위대한 식사》 세계사

아들이 서리해 온 호박을 보고는 "저런 호로자식을 봤나…" 이렇게 욕을
퍼붓는 어머니는 겉으로 화를 내고 언성이 높아지는 것처럼 보여도 마음속
도 똑같이 화가 나 있는 건 아니다. 아들은 그걸 빠르게 눈치 챈다. 욕을 하
고 혼을 내지만 애호박과 민물새우가 된장국에 끓여져 저녁마다 식구들 입
맛을 돋우기 때문이다.

이웃집 담장 위에서 애호박 하나 따 오는 게 그리 흉될 게 없던 시절. 그
된장국에 저녁 먹고 난 할머니 트림 소리가 냇둑 너머까지 들리던 날들은
행복했다.

달이 자꾸 따라와요

이상국

어린 자식 앞세우고
아버지 제사 보러 가는 길

—아버지 달이 자꾸 따라와요
—내버려둬라
　달이 심심한 모양이다

우리 부자가 천방둑 은사시나무 이파리들이 지나가는 바람
에 쏴르르쏴르르 몸 씻어내는 소리 밟으며 쇠똥냄새 구수한
판길이 아저씨네 마당을 지나 옛 이발소집 담을 돌아가는데

아버짓적 그 달이 아직 따라오고 있었다

《집은 아직 따뜻하다》 창작과비평사

94

　어린 자식과 함께 아버지 제사 지내러 가는 밤길. 아버지가 어릴 때도 달
을 보며 아버지의 아버지를 따라 가던 길. 아들은 "아버지 달이 자꾸 따라와
요." 한다. "내버려둬라 / 달이 심심한 모양이다." 아버지의 대답도 아들 못
지않게 무구하다.

　둘 다 동심인 부자가 걷는 천방둑 은사시나무 밑을 같이 따라가고 싶다.
몇 발짝 뒤에서 따라가며 쇠똥냄새 구수한 마당을 지나가고 싶다. 이발소집
담을 돌아가고 싶다.

성탄제

김종길

어두운 방 안엔
바알간 숯불이 피고,
외로이 늙으신 할머니가
애처로이 잦아드는 어린 목숨을 지키고 계시었다

이윽고 눈 속을
아버지가 약을 가지고 돌아오시었다

아 아버지가 눈을 헤치고 따오신
그 붉은 산수유 열매—

나는 한 마리 어린 짐승,
젊은 아버지의 서느런 옷자락에
열로 상기한 볼을 말없이 부비는 것이었다

이따금 뒷문을 눈이 치고 있었다
그날 밤이 어쩌면 성탄제의 밤이었을지도 모른다

어느새 나도
그때의 아버지만큼 나이를 먹었다

옛것이란 거의 찾아볼 길 없는

성탄제 가까운 도시에는

이제 반가운 그 옛날의 것이 내리는데,

서러운 서른 살 나의 이마에

불현듯 아버지의 서느런 옷자락을 느끼는 것은,

눈 속에 따오신 산수유 붉은 알알이

아직도 내 혈액 속에 녹아 흐르는 까닭일까

《성탄제》삼애사

　자식의 병을 고치는 데 산수유 열매가 약이 된다는 말을 듣고 아버지는 눈 속을 헤치며 붉은 산수유 열매를 따오셨다. 눈 속을 헤치며 다니시느라 서늘한 냉기가 배어 있는 옷자락에 열 오른 볼을 부비는 아버지가 자식은 고마웠다. 그때가 어쩌면 성탄절 전야의 밤이었는지도 모르겠다. 예수님의 탄생을 기뻐하는 그 밤, 생명의 새로운 힘이 다시 사람을 살리게 하는 밤이 었는지도 모르겠다.

　성탄절이 가까워지는 어느 날, 그때처럼 반가운 눈이 내리는 겨울날, 나도 어느새 그때의 아버지만큼 나이를 먹었다. 눈발과 겨울바람이 이마를 스치고 지나가는데 불현듯 이마 어디서 아버지의 서늘한 옷자락이 닿는 느낌을 받는다. 그때 아버지가 따오신 산수유 붉은 알들이 병든 나를 살리고는 아직도 내 혈액 속에 녹아 흐르고 있는 것일까. 고마운 아버지.

북두칠성

김명수

먼 길 떠나시던
아버님 발자국이 보인다

어두운 밤 홀로 흰 두루막자락 날리시며
검은 산
넘어
넘어
먼 길 가시던 날

어머님이 감추시던
눈물 어려 몇 방울

내 이젠 나이 들어 어린 딸 거느리고
여름 저녁 한때 언덕에 서면

만주땅 어느 곳에 잠들어 계실
아버님 모습…

풀벌레들 정적 더하던
고향 옛집에서

철모르던 우리 남매 잠재워 놓고
두만강
된서리 묻어 온 두루마리
남몰래 읽으시던 우리 어머니

촛불에도 떨리시던
당신의 눈물 모두 어려 보인다

《보석에게》 문학사상사

여름 저녁, 어린 딸을 데리고 언덕에 서서 바라보는 하늘에 북두칠성이 보인다. 일정한 간격으로 어둔 하늘에 찍힌 별들이 아버님 발자국처럼 보인다. 어두운 밤 홀로 흰 두루마기를 펄럭이시며 산 넘어 먼 길 떠나시던 아버님. 지금은 만주 땅 어느 곳에 잠들어 계실 아버님. 그 아버님의 발자국으로 보인다. 어머니 눈물 자국으로 보인다. 철모르던 우리 남매 잠재워 놓고 두만강을 건너온 아버님의 두루마리 편지를 몰래 읽으시며 뚝뚝 떨구던 눈물. 북두칠성이 그 눈물방울로 보인다.

바람의 집
- 겨울 판화 1

기형도

내 유년 시절 바람이 문풍지를 더듬던 동지의 밤이면 어머니는 내 머리를 당신 무릎에 뉘고 무딘 칼끝으로 시퍼런 무를 깎아주시곤 하였다. 어머니 무서워요 저 울음소리, 어머니조차 무서워요. 애야, 그것은 네 속에서 울리는 소리란다. 네가 크면 너는 이 겨울을 그리워하기 위해 더 큰 소리로 울어야 한다. 자정 지나 앞마당에 은빛 금속처럼 서리가 깔릴 때까지 어머니는 마른 손으로 종잇장 같은 내 배를 자꾸만 쓸어내렸다. 처마 밑 시래기 한 줌 부스러짐으로 천천히 등을 돌리던 바람의 한숨. 사위어가는 호롱불 주위로 방 안 가득 풀풀 수십 장 입김이 날리던 밤, 그 작은 소년과 어머니는 지금 어디서 무엇을 할까?

《입 속의 검은 잎》 문학과지성사

　겨울밤 어머니는 무릎에 내 머리를 뉘고 무를 깎아주셨다. 어머니의 마른 손으로 종잇장 같은 내 배를 쓸어주셨다. 어리고 허약한 나를 내려다보는 어머니의 마음은 어떠하셨을까. 배를 자꾸만 쓸어주는 것밖에 다른 처방을 해줄 수 없던 어머니는 무서움을 타는 나를 위로하고 다독이시며 무서움도 다 내 안에서 나오는 거라고 하셨다. 어머니는 내가 크면 춥고 아프고 무섭 던 유년의 날들도 그리워하기 위해 더 큰 슬픔과 만나야 할 거라고 하셨다. 그 날들은 지금 내게 판화처럼 찍혀 있는데 그때 그 작은 소년과 어머니는 지금 어디서 무엇을 하고 있을까.

늙지 않는 절벽

강형철

어떤 세월로도 어쩔 수 없는 나이가 있다

늘 '내새끼'를 끼고 다니거나
그 새끼들이 물에 빠지거나 차에 치일까
걱정만 몰고 다니는

그 새끼들이 오십이 넘고 육십이 되어도
도무지 마음에 차지 않아
눈썹 끝엔 이슬만 어룽대는

맛있는 음식물 앞이거나 좋은 풍광도
입 밖의 차림새, 눈 밖의 풍경
앞가슴에 손수건을 채워야 안심이 되는

어머니란 나이

눈물로만 천천히 잦아드는,
마을 입구 정자나무 한 그루,
그래도 끝내 청춘일 수밖에 다른 도리가 없는,

《현대문학 2003년 8월호》 현대문학

아무리 나이가 들어도 어머니에게 자식은 자식이다. 오십이 넘고 육십이 되어도 마음에 차지 않는다. 늘 걱정이고 눈물이다. 맛있는 음식을 보아도 자식이 생각나고 좋은 풍광을 보아도 눈에 들어오지 않는다. 물에 빠질까 차에 치일까 걱정이 앞선다. 그래서 어머니의 나이는 세월로도 어쩔 수 없는 나이다. 늙지 않는 나이, 늙지 않는 절벽과 같다.

엄마는 그래도 되는 줄 알았습니다

심순덕

엄마는

그래도 되는 줄 알았습니다

하루 종일 밭에서 죽어라 힘들게 일해도

엄마는

그래도 되는 줄 알았습니다

찬밥 한 덩이로 대충 부뚜막에 앉아 점심을 때워도

엄마는

그래도 되는 줄 알았습니다

한겨울 냇물에 맨손으로 빨래를 방망이질해도

엄마는

그래도 되는 줄 알았습니다

배부르다 생각 없다 식구들 다 먹이고 굶어도

엄마는

그래도 되는 줄 알았습니다

발뒤꿈치 다 헤져 이불이 소리를 내도

엄마는

그래도 되는 줄 알았습니다

손톱이 깎을 수조차 없이 닳고 문드러져도

엄마는

그래도 되는 줄 알았습니다

아버지가 화내고 자식들이 속썩여도 전혀 끄떡없는

엄마는

그래도 되는 줄 알았습니다

외할머니 보고 싶다

외할머니 보고 싶다, 그것이 그냥 넋두리인 줄만 —

한밤중 자다 깨어 방구석에서 한없이 소리 죽여 울던

엄마를 본 후론

아!

엄마는 그러면 안 되는 것이었습니다

〈엄마는 그래도 되는 줄 알았습니다〉 대희

엄마는 철인이라고 생각한다. 엄마는 뭐든지 다 잘하고, 잘 참고, 자식이 원하는 걸 다 갖고 있고, 다 줄 수 있는 사람이라고 생각한다. 아무리 힘든 일도 다 해내고, 아무리 속을 썩여도 끄떡없고, 손톱이 문드러지고 발뒤꿈치가 다 헤져도 아무렇지도 않은 사람이 엄마라고 생각한다.

엄마는 인간이라고 생각하지 않는다. 엄마도 우리와 똑같이 힘들고 배고프고 속상해한다는 걸 자식들은 늦게 깨닫는다. 엄마도 그래선 안 되는 약한 인간이라는 걸 엄마의 울음소리를 듣고 나서야 깨닫는다. 엄마에게도 누군가가 필요하다는 걸.

땅

안도현

내게 땅이 있다면
거기에 나팔꽃을 심으리
때가 오면
아침부터 저녁까지 보랏빛 나팔소리가
내 귀를 즐겁게 하리
하늘 속으로 덩굴이 애쓰며 손을 내미는 것도
날마다 눈물 젖은 눈으로 바라보리
내게 땅이 있다면
내 아들에게는 한 평도 물려주지 않으리
다만 나팔꽃이 피었다 진 자리에
동그랗게 맺힌 꽃씨를 모아
아직 터지지 않은 세계를 주리

〈외롭고 높고 쓸쓸한〉 문학동네

우리가 자식에게 물려주고 싶어하는 건 무얼까. 물려줄 수 있는 땅은 얼마나 될까. 내가 가진 땅을 한 평도 물려주지 않겠다고 말하는 아버지를 자식은 어떻게 생각할까. 내게 땅이 있다면 거기 나팔꽃을 심고, 나팔꽃 꽃씨를 모아 아직 터지지 않은 세계를 주고 싶어하는 아버지는 자식에게 아무것도 주지 않은 것일까.

더 큰 것을 주는 것이리라. 아름다운 씨앗의 세계, 가능성의 세계, 물질적
인 부함보다 더 소중한 것이 이 세상에 있다는 것을 가르쳐주는 것이야말로
가장 값진 것을 물려주는 것이리라.

부모와 자녀가 함께 읽는 시

저렇게 많은 별 중에 별 하나가 나를 내려다보는 것처럼, 이렇게 많은 사람 중에서 그 별 하나를 쳐다보는 것처럼 너와 나는 그렇게 만났다. 수천 수백만 사람들을 지나 별 하나가 나를 발견한 것처럼 셀 수 없이 많은 별을 지나 내가 별 하나를 사랑하게 된 것이다. 별 하나 나 하나가 그냥 만난 게 아닌 것처럼 너 하나 나 하나도 그냥 만난 게 아닌 것이다. 그래서 이렇게 정다운 것이다. 그래서 이렇게 소중한 것이다.

저녁에

김광섭

저렇게 많은 중에서
별 하나가 나를 내려다본다
이렇게 많은 사람 중에서
그 별 하나를 쳐다본다

밤이 깊을수록
별은 밝음 속에 사라지고
나는 어둠 속에 사라진다

이렇게 정다운
너 하나 나 하나는
어디서 무엇이 되어
다시 만나랴

〈겨울날〉 창작과비평사

저렇게 많은 별 중에 별 하나가 나를 내려다보는 것처럼, 이렇게 많은 사람 중에서 그 별 하나를 쳐다보는 것처럼 너와 나는 그렇게 만났다.

수천 수백만 사람들을 지나 별 하나가 나를 발견한 것처럼 셀 수 없이 많은 별을 지나 내가 별 하나를 사랑하게 된 것이다.

별 하나 나 하나가 그냥 만난 게 아닌 것처럼 너 하나 나 하나도 그냥 만난 게 아닌 것이다. 그래서 이렇게 정다운 것이다. 그래서 이렇게 소중한 것이다.

그러나 사랑의 밤이 깊을수록 이별의 새벽은 가까이 오는 것이니 지금 이렇게 정다운 우리도 언젠가는 헤어지게 될 것이니 그 뒷날 우리는 어디서 무엇이 되어 다시 만날 수 있으랴.

내가 사랑하는 사람

정호승

나는 그늘이 없는 사람을 사랑하지 않는다
나는 그늘을 사랑하지 않는 사람을 사랑하지 않는다
나는 한 그루 나무의 그늘이 된 사람을 사랑한다
햇빛도 그늘이 있어야 맑고 눈이 부시다
나무 그늘에 앉아
나뭇잎 사이로 반짝이는 햇살을 바라보면
세상은 그 얼마나 아름다운가

나는 눈물이 없는 사람을 사랑하지 않는다
나는 눈물을 사랑하지 않는 사람을 사랑하지 않는다
나는 한 방울 눈물이 된 사람을 사랑한다
기쁨도 눈물이 없으면 기쁨이 아니다
사랑도 눈물 없는 사랑이 어디 있는가
나무 그늘에 앉아
다른 사람의 눈물을 닦아주는 사람의 모습은
그 얼마나 고요한 아름다움인가

《내가 사랑하는 사람》 열림원

왜 그늘이 없는 사람을 사랑하지 않는다고 했을까. 그늘은 어두운 곳이다. 햇볕이 들지 않아서 습기 차고 성장의 속도가 느리고 힘겨운 곳이다. 왜 그런 그늘을 사랑하지 않는 사람을 사랑하지 않는다고 했을까.

판소리를 잘 해도 '저 사람 소리엔 그늘이 없어.' 라는 말을 들으면 아직 멀었다는 뜻이라고 한다. 생의 그늘, 쓰고 맵고 어렵고 힘든 인생살이가 그 속에 녹아들어 있는 것을 판소리에서는 그늘이 있는 소리라고 한다는 것이다.

양지 쪽만을 택하여 자란 사람보다 그늘을 겪어서 양지도 아는 사람이 더 큰 일을 할 수 있는 것이다.

눈물을 사랑하는 사람은 힘들고 고통스러운 인생을 사랑할 줄 아는 사람이다. 눈물의 의미를 알아야 참된 기쁨이 무언지도 아는 것이다. 그래야 남의 고통도 알고 다른 사람의 눈물도 닦아줄 줄 아는 사람으로 살아가는 것이다. 그래야 세상이 아름다워지는 것이다.

사랑하는 까닭

한용운

내가 당신을 사랑하는 것은
까닭이 없는 것이 아닙니다
다른 사람들은 나의 홍안만을 사랑하지마는
당신은 나의 백발도 사랑하는 까닭입니다

내가 당신을 그리워하는 것은
까닭이 없는 것이 아닙니다
다른 사람들은 나의 미소만을 사랑하지마는
당신은 나의 눈물도 사랑하는 까닭입니다

내가 당신을 기다리는 것은
까닭이 없는 것이 아닙니다
다른 사람들은 나의 건강만을 사랑하지마는
당신은 나의 죽음도 사랑하는 까닭입니다

《님의 침묵》 미래사

　사랑 때문에 고민하는 젊은이가 있으면 이 시를 들려주고 싶었다. 내가
주례를 서게 된다면 주례사 대신 이 시를 들려주고 싶었다. 한용운 시인은
내가 당신을 사랑하는 것은 까닭이 없는 것이 아니라고 한다. 다른 사람들
은 나의 붉고 고운 얼굴(홍안)만을 사랑하지만 당신은 내가 고울 때만 사랑
하는 게 아니라 늙어서 머리가 하얗게 되고 시들어갈 때도 사랑할 사람이기
때문에 당신을 사랑한다는 것이다.

　내가 당신을 그리워하는 것도 까닭이 있다. 다른 사람들은 내가 미소 짓
고 즐거워하고 기뻐할 때만 사랑하지만 당신은 내가 눈물 흘리고 고통스러
워하고 슬퍼할 때도 사랑할 사람이기 때문이다. 기쁘고 즐거울 때 사랑하기
는 쉽다. 그러나 기쁨이 사라지고 눈물과 슬픔의 날을 보내야 할 때도 사랑
할 수 있는 사람이 진짜 사랑하는 사람인 것이다.

　건강하고 젊고 발랄한 사람을 사랑하는 건 어렵지 않다. 그러나 건강이
나빠지고 마침내 죽음이 찾아올 때도 죽음 이후까지도 사랑할 사람이기 때
문에 내가 당신을 기다리고 있는 것이다. 그런 사랑이 진짜 사랑이다.

바닷가에서

오세영

사는 길이 높고 가파르거든
바닷가
하얗게 부서지는 파도를 보아라
아래로 아래로 흐르는 물이
하나 되어 가득히 차오르는 수평선,
스스로 자신을 낮추는 자가 얻는 평안이
거기 있다

사는 길이 어둡고 막막하거든
바닷가
아득히 지는 일몰을 보아라
어둠 속에서 어둠 속으로 고이는 빛이
마침내 밝히는 여명,
스스로 자신을 포기하는 자가 얻는 충족이
거기 있다

사는 길이 슬프고 외롭거든
바닷가,
가물가물 멀리 떠 있는 섬을 보아라
홀로 견디는 것은 순결한 것,

멀리 있는 것은 아름다운 것,

스스로 자신을 감내하는 자의 의지가

거기 있다

〈꽃들은 별을 우러르며 산다〉 시와시학사

　살다보면 높고 가파른 길을 만나게 된다. 그 길을 넘기 위해 더 높이 올라
가야 하고 가파른 선택을 해야 할 때가 있다. 그래서 더 사는 게 힘든 날, 물
처럼 아래로 아래로 내려가는 것도 방법이다. 스스로 자신을 낮추면 길이
보이고 평안을 얻는다.

　살다보면 어둡고 막막한 길을 만나게 된다. 어둠에 묻히지 않기 위해 몸
부림치느라 힘겨울 때가 있다. 그런 날 더 어두워지기로 마음먹으면 도리어
빛이 보이는 경우가 있다. 어둠의 끝에 여명이 오듯 포기하고 얻는 충족이
있다.

　살다보면 슬프고 외로운 날이 있다. 그런 날 멀리 외롭게 떠 있는 섬을 보
며 홀로 견딘다는 것, 멀리 있다는 것의 의미를 다시 생각하노라면 길이 보
인다. 스스로 자신을 감내하는 자의 의지를 통해 외로움을 이기는 길이 있
는 걸 발견하게 된다.

　사는 길이 힘들고 어둡고 슬프게 느껴지는 날 바닷가에 가보라. 거기 어
디쯤에서 이런 시를 만나보라.

우 음(偶吟)
– 예산에서

신경림

아무리 낮은 산도 산은 산이어서
봉우리도 있고 바위너설도 있고
골짜기도 있고 갈대밭도 있다
품안에는 산짐승도 살게 하고 또
머리칼 속에는 갖가지 새도 기른다
어깨에 겨드랑이에 산꽃을 피우는가 하면
등과 엉덩이에는 이끼도 돋게 하고
가슴팍이며 뱃속에는 금과 은 같은
소중한 것을 감추어두기도 한다
아무리 낮은 산도 알 건 다 알아서
비바람 치는 날은 몸을 웅크리기도 하고
햇볕 따스하면 가슴 활짝 펴고
진종일 해바라기를 하기도 한다
도둑떼들 모여와 함부로 산을 짓밟으면
분노로 몸을 치떨 줄도 알고
때아닌 횡액 닥쳐
산 한 모퉁이 무너져나가면
꺼이꺼이 땅에 엎으러져 울 줄도 안다
세상이 시끄러우면 근심어린 눈으로
사람들 사는 꼴 굽어보기도 하고

동네 경사에는 덩달아 신이 나서
덩실덩실 춤을 출 줄도 안다
아무리 낮은 산도 산은 산이어서
있을 것은 있고 갖출 것은 갖추었다
알 것은 알고 볼 것은 다 본다

* 우음(偶吟) : 갑자기 떠오른 생각을 읊은 노래.

《길》 창작과비평사

높은 산만 산이 아니다. 이름난 산, 사람들에게 많이 알려진 명산에만 산이 갖추어야 할 모든 것이 들어 있는 게 아니다. 낮은 산도 산이다. 아무리 낮은 산도 산은 산인 것이다. 그래서 있을 건 다 있고 갖출 건 다 갖추고 있다. 봉우리도 있고 바위너설도 있고 골짜기도 있고 갈대밭도 있고 금과 은 같은 것도 감추고 있다.

아무리 하찮아 보이는 사람도 사람이다. 높고 귀한 이름을 가진 사람만 훌륭한 사람이 아니고, 낮고 하찮아 보이는 사람도 있을 것은 다 있고 갖출 것은 다 갖추고 있다. 알 건 다 알고 볼 건 다 본다. 그래서 어떤 사람도 함부로 대하고 함부로 말해서는 안 되는 것이다.

신경림 시인은 높은 산도 없고 넓은 평야지대도 아닌 충청도 예산 지방에 가서 본 산 이야기를 이렇게 들려주지만 이 시가 산만 이야기하고 있는 게 아님을 우리는 안다.

살아 있는 것은 아름답다

양성우

살아 있는 것은 아름답다
아무리 작은 것이라고 할지라도 살아 있는 것은
아름답다
모든 들풀과 꽃잎들과 진흙 속에 숨어사는
것들이라고 할지라도,
그것들은 살아 있기 때문에 아름답고 신비하다
바람도 없는 어느 한 여름날,
하늘을 가리우는 숲 그늘에 앉아보라
누구든지 나무들의 깊은 숨소리와 함께
무수한 초록잎들이 쉬지 않고 소곤거리는 소리를
들을 것이다
이미 지나간 시간이 아니라 이 순간에,
서 있거나 움직이거나 상관없이 살아 있는 것은
아름답다
오직 하나, 살아 있다는 이유만으로
그것들은 무엇이나 눈물겹게 아름답다

《첫마음》 실천문학사

　살아 있는 것은 아름답다. 인간의 살아 있는 목숨만이 아니라 들풀과 꽃잎과 벌레와 미물에 이르기까지 살아 있는 것들은 살아 있다는 그 자체만으로 아름답고 신비한 것이다. 살아 있는 사람의 목숨만 귀한 것이 아니라 생명이 있는 것들은 생명을 가지고 있다는 그 자체만으로 소중한 존재인 것이다.

　우리가 숨을 쉬는 것처럼 나무들도 숨을 쉬고 우리가 소곤소곤 이야기를 나누는 것처럼 초록의 잎들도 소곤거린다. 살아 있다는 것은 얼마나 눈물겹게 아름다운 일인가. 그것들이 살아 있어 내가 살아 있는 것이다. 그래서 그것들과 내가 함께 살아가야 하는 것이다.

별, 아직 끝나지 않은 기쁨

마종기

오랫동안 별을 싫어했다. 내가 멀리 떨어져 살고 있기 때문인지 너무나 멀리 있는 현실의 바깥에서, 보였다 안 보였다 하는 안쓰러움이 싫었다. 외로워 보이는 게 싫었다. 그러나 지난 여름 북부 산맥의 높은 한밤에 만난 별들은 밝고 크고 수려했다. 손이 담길 것같이 가까운 은하수 속에서 편안히 누워 잠자고 있는 맑은 별들의 숨소리도 정다웠다.

사람만이 얼굴을 들어 하늘의 별을 볼 수 있었던 옛날에는 아무데서나 별과 이야기를 나눌 수 있었다. 그러나 시간이 빨리 지나가는 요즈음, 사람들은 더 이상 별을 믿지 않고 희망에서도 등을 돌리고 산다. 그 여름 얼마 동안 밤새껏, 착하고 신기한 별밭을 보다가 나는 문득 돌아가신 내 아버지와 죽은 동생의 얼굴을 보고 반가운 이야기를 나누기도 했다.

사랑하는 이여
세상의 모든 모순 위에서 당신을 부른다
괴로워하지도 슬퍼하지도 말아라
순간적이 아닌 인생이 어디에 있겠는가
내게도 지난 몇 해는 어렵게 왔다
그 어려움과 지친 몸에 의지하여 당신을 보느니

별이여, 아직 끝나지 않은 애통한 미련이여,
도달하기 어려운 곳에 사는 기쁨을 만나라
당신의 반응은 하느님의 선물이다
문을 닫고 불을 끄고
나도 당신의 별을 만진다

《이슬의 눈》 문학과지성사

별이 싫은 날이 있고 반가운 날이 있다. 별 때문이 아니라 나 때문이다. 내 처지가 안쓰럽거나 외로워 보이는 날은 별도 그렇게 보여서 싫다. 그러던 어느 날 별이 다시 정답게 내려오는 때가 있다. 별이 너무 밝고 크고 수려하고 맑기 때문이기도 하지만 별 속에서 이 세상 뜬 반가운 사람들의 얼굴을 발견하기 때문이기도 하다.

그런 날 이야기를 나누는 별은 하느님의 선물처럼 느껴진다. 별에게서 위로를 받는다. "괴로워하지도 슬퍼하지도 말아라 / 순간적이 아닌 인생이 어디에 있겠는가" 이런 위로의 말.

돌아가신 아버지와 죽은 동생 때문에 많이 괴로워했는데 별에게서 듣는 그런 말은 큰 힘이 된다. 고국을 떠나와 먼 타국 땅에서 지내는 삶이 말할 수 없이 외로운 데다가 너무나 멀리 있는 현실의 바깥에서 그리운 얼굴들이 보였다 안 보였다 하기도 하고, 내 존재 역시 보였다 안 보였다 하는 것처럼 느껴져 깜박이는 별조차 싫었다. 그런데 오늘 별에게서 "도달하기 어려운 곳에 사는 기쁨을 만나라"는 이야기를 듣는다. 그리하여 어려움과 지친 몸에 의지하여 별을 보면서 아직도 끝나지 않은 애통한 미련을 끝나지 않은 기쁨으로 바꾸게 된다.

한 나무에 많은 열매

이 탄

Ⅰ

바람이 불고 벼락치는

모진 날을 이기고

나무가 쏘옥 쏙 자라는 것은

무슨 뜻일까

잎을 내밀고 한 치 한 치 하늘로 뻗는 것은

무슨 뜻일까

찌는 더위나 독한 추위를 이기고

때맞춰 꽃 피우고 열매를 여는 것은

무슨 뜻이 있어 그러는 걸까

한 나무에 많은 열매를 갖고

비바람을 거느리는 저 모습

Ⅱ

계절이 바뀌어도

마음속에 늘 그림자 비친

풍성한 열매

세례를

받는 즐거운 열매

신의 주현절을 생각하면
하루를 그럭저럭 보낸 날이 부끄럽다

그 옛날 케이크 속에서
동전을 찾아내면
왕이나 여왕이 된 게임

많은 열매들
거울처럼 빛나듯
나도
그래야 된다는 것을 깨닫는다

《시와 찬미로 여는 아침의 노래》 쿨란출판사

　순탄하기만 한 삶은 드물다. 바람이 불고 벼락이 친다. 찌는 더위를 견뎌
야 하는 날이 있고 독한 추위를 이겨야 하는 날이 있다. 모진 날들도 많다.
우리 인간만 그런 시련의 날들을 겪는 게 아니다. 목숨을 가진 모든 것들은
다 마찬가지의 어려움을 겪는다.

　그러나 그런 모진 날을 이기고 나무가 쑈옥 쑥 자라는 것은 무슨 뜻일까.
우리에게 어떻게 살아야 한다는 이야기를 하고 싶은 것일까. 견딜 수 없는
것들을 견디며 때 맞추어 꽃 피우고 열매를 여는 것은 우리에게 어떤 깨우
침을 주고자 함일까.

　시련의 날들이 있어도 꽃 피우고 열매 맺는 것이라는 말을 하고 싶은 것
일까. 열매는 바로 그 시련의 날들 속에서 자라는 것이라는 이야기를 하고
싶은 것일까. 많은 열매를 가지고 있으면서 비바람을 함께 거느리고 있는
나무는 이게 바로 인생의 모습이라는 걸 몸으로 보여주고 싶은 건 아닐까.

희미한 옛사랑의 그림자

김광규

4·19가 나던 해 세밑

우리는 오후 다섯 시에 만나

반갑게 악수를 나누고

불도 없이 차가운 방에 앉아

하얀 입김 뿜으며

열띤 토론을 벌였다

어리석게도 우리는 무엇인가를

정치와는 전혀 관계없는 무엇인가를

위해서 살리라 믿었던 것이다

결론 없는 모임을 끝낸 밤

혜화동 로우터리에서 대포를 마시며

사랑과 아르바이트와 병역 문제 때문에

우리는 때묻지 않은 고민을 했고

아무도 귀 기울이지 않는 노래를

누구도 흉내낼 수 없는 노래를

저마다 목청껏 불렀다

돈을 받지 않고 부르는 노래는

겨울밤 하늘로 올라가

별똥별이 되어 떨어졌다

그로부터 18년 오랜만에

우리는 모두 무엇인가 되어

혁명이 두려운 기성 세대가 되어

넥타이를 매고 다시 모였다

회비를 만 원씩 걷고

처자식들의 안부를 나누고

월급이 얼마인가 서로 물었다

치솟는 물가를 걱정하며

즐겁게 세상을 개탄하고

익숙하게 목소리를 낮추어

떠도는 이야기를 주고받았다

모두가 살기 위해 살고 있었다

아무도 이젠 노래를 부르지 않았다

적잖은 술과 비싼 안주를 남긴 채

우리는 달라진 전화번호를 적고 헤어졌다

몇이서는 포우커를 하러 갔고

몇이서는 춤을 추러 갔고

몇이서는 허전하게 동숭동 길을 걸었다

돌돌 말은 달력을 소중하게 옆에 끼고

오랜 방황 끝에 되돌아온 곳

우리의 옛사랑이 피 흘린 곳에

낯선 건물들 수상하게 들어섰고

플라타너스 가로수들은 여전히 제자리에 서서

아직도 남아 있는 몇 개의 마른 잎 흔들며

우리의 고개를 떨구게 했다

부끄럽지 않은가

부끄럽지 않은가

바람의 속삭임 귓전으로 흘리며

우리는 짐짓 중년기의 건강을 이야기했고

또 한 발짝 깊숙이 늪으로 발을 옮겼다

《우리를 적시는 마지막 꿈》 문학과지성사

젊은 날 우리들의 고민에는 때가 묻어 있지 않다. 누구도 흉내 낼 수 없는 노래를 목청껏 부르기도 한다. 아무도 귀 기울여 들어주지 않아도 노래 부른다. 그럴 수 있는 게 젊음이다. 그러나 나이가 들어 기성세대가 되면서 그때 부르던 때 묻지 않은 열정의 노래를 부르지 않는다. 적당히 소심해지며 즐겁게 세상을 개탄할 줄도 아는 사람으로 변한다. 그저 살기 위해 사는 사람이 되어간다.

변하지 않는 것은 없다. 그러나 어떻게 변하는가가 문제다. 변하는 시간 속에서 변해서는 안 될 것이 무엇인가를 구분할 수 있어야 한다. 어떻게 바르게 변할 수 있을 것인가를 고민해야 한다. 부끄럽지 않은가 하고 스스로에게 물어보고 자신에게 정직해야 한다.

젊은 날은 나이가 들어서도 부끄럽지 않을 자신이 있어야 하며, 기성세대가 되어서는 젊은 날의 자기 말에 책임질 수 있는 사람이 되어야 한다. 우리의 삶이 그저 늪으로 빠져드는 일상으로 이어지지 않기 위해서는.

자 유

김남주

만인을 위해 내가 일할 때 나는 자유
땀 흘려 함께 일하지 않고서야
어찌 나는 자유이다라고 말할 수 있으랴

만인을 위해 내가 싸울 때 나는 자유
피 흘려 함께 싸우지 않고서야
어찌 나는 자유이다라고 말할 수 있으랴

만인을 위해 내가 몸부림칠 때 나는 자유
피와 땀과 눈물을 나눠 흘리지 않고서야
어찌 나는 자유이다라고 말할 수 있으랴

사람들은 맨날
겉으로는 자유여, 형제여, 동포여! 외쳐대면서도
안으로는 제 잇속만 차리고들 있으니
도대체 무엇을 할 수 있단 말인가
도대체 무엇이 될 수 있단 말인가
제 자신을 속이고서

《꽃 속에 피가 흐른다》 창작과비평사

　참 역설적인 말이다. 만인으로부터 내가 아무런 제약도 받지 않게 되었을 때 우리는 자유라고 말한다. 만인들과 내가 아무런 관계도 갖지 않으며 어떤 책임도 지지 않게 되었을 때 사람들은 자유라고 말한다.

　그런데 어째 이 시인은 만인을 위해 내가 노력할 때 자유라고 말하는가. 진정한 개인의 자유는 나 하나만 행복하고 편안할 때 오는 것이 아니라 모든 개인이 행복할 때만 올 수 있기 때문에 그렇게 말하는 게 아닌가 싶다.

　만인을 위해 내가 땀 흘려 일하고 피와 눈물을 나눠 흘려야지만 만인이 나 한 사람을 위해 똑같이 피와 땀과 눈물을 나누어 흘릴 것이기 때문이다. 인간을 부자유하고 불행하게 만드는 잘못된 제도와 싸우고 그것을 바로잡았을 때 비로소 우리 모두가 자유로워질 수 있기 때문에 이렇게 말하는 것이리라. 겉으로는 형제여 동포여 외치면서도 안으로는 제 잇속만 차리고 있다면 우리 모두는 자유롭지도 행복하지도 못할 것이다.

하 루

고 은

저물어 가는 것이 얼마나 다행이냐
하루가 저물어
떠나간 사람 생각하는 것이
얼마나 다행이냐

오 하잘것없는 이별이 구원일 줄이야

저녁 어둑발 자옥한데
떠나갔던 사람
이미 왔고
이제부터 신이 오리라
저벅저벅 발소리 없이

신이란 그 모습도 소리도 없어서 얼마나 다행이냐

〈고은 전집 제5권〉 김영사

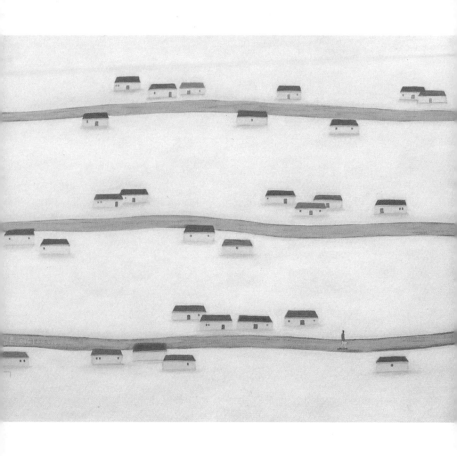

　사람이 죽지 않고 계속 산다면 세상은 어떻게 될까. 한 번 핀 꽃은 영원히 지지 않는다면, 사랑에 이별이 없고, 인생에 기승전결이 없다면 어떻게 될까.

　하루에 밤이 없고 낮만 계속된다면… 사람들은 그곳에서 살 수 없을 것이다. 그렇게 생각하면 하루가 저물어 가는 것도 다행스러운 일이다. 어둠과 함께 밤이 찾아와 휴식을 생각하고, 두려움도 알고, 떠나간 사람을 생각하거나, 돌아오기를 조용히 기다리게 되는 것 또한 얼마나 다행인가. 그 어둠 속에서 비로소 인간은 신을 생각하게 되는 것이리라.

입설단비(立雪斷臂)

김선우

2조(二祖) 혜가는 눈 속에서 자기 팔뚝을 잘라 바치며
달마에게 도(道) 공부 하기를 청했다는데
나는 무슨 그리 독한 비원도 이미 없고
단지 조금 고적한 아침의 그림자를 원할 뿐
아름다운 것의 슬픔을 아는 사람을 만나
밤 깊도록 겨울 숲 작은 움막에서
생나뭇가지 찢어지는 소리를 들으며
그저 묵묵히 서로의 술잔을 채우거나 비우며

다음날 아침이면 자기 팔뚝을 잘라 들고 선
정한 눈빛의 나무 하나 찾아서
그가 흘린 피로 따뜻하게 녹아 있는
동그라한 아침의 그림자 속으로 지빠귀 한 마리
종종 걸어 들어오는 것을 지켜보고 싶을 뿐
작은 새의 부리가 붉게 물들어
아름다운 손가락 하나 물고 날아가는 것을
고적하게 바라보고 싶을 뿐

그리하여 어쩌면 나도 꼭 저 나무처럼
파 묻힐 듯 어느 흰눈 오시는 날

마다 않고 흰눈을 맞이하여 그득그득 견디어주다가

드디어는 팔뚝 하나를 잘라 들고

다만 고요히 서 있어 보고 싶은 것이다

작은 새의 부리에 손마디 하나쯤 물려주고 싶은 것이다

《도화 아래 잠들다》 창작과비평사

선가의 고승들은 진리를 깨우치기 위해 목숨을 건 고행을
마다하지 않았다. 선가의 두 번째 스승인 혜가선사도 달마
대사에게 찾아가 가르침을 얻기 위해 자기 팔뚝을 잘라 바
쳤다고 한다.
고적하게 살아가는 화자는 그런 독한 비원을 가진 인물은 못 되고, 그저 아
름다운 것의 슬픔을 아는 사람과 만나 묵묵히 밤늦도록 술잔을 나누고 싶은
정도의 바람을 갖고 살아가고 있다.
그러나 혜가선사만이 아니라 눈 내리는 겨울 숲의 나무들도 자기 팔뚝을 잘
라 들고 서 있는 걸 본다. 그런 날 나도 꼭 그런 나무처럼 나의 생을 향해 파
묻힐 듯 쏟아지는 흰눈 같은 것들과 마주 서서 견디다가 팔 하나를 잘라 들
고 서 있어 보고 싶어지는 것이다. 그런 자세로 내 생의 겨울 앞에 서 있어
보고 싶어지는 것이다.

치자꽃 설화

박규리

사랑하는 사람을 달래 보내고

돌아서 돌계단을 오르는 스님 눈가에

설운 눈물 방울 쓸쓸히 피는 것을

종탑 뒤에 몰래 숨어 보고야 말았습니다

아무도 없는 법당문 하나만 열어놓고

기도하는 소리가 빗물에 우는 듯 들렸습니다

밀어내던 가슴은 못이 되어 오히려

제 가슴을 아프게 뚫는 것인지

목탁소리만 저 홀로 바닥에 뒹굴다

끊어질 듯 이어지곤 하였습니다

여자는 돌계단 밑 치자꽃 아래

한참을 앉았다 일어서더니

오늘따라 가랑비 엷게 듣는 소리와

짝을 찾는 쑥꾹새 울음소리 가득한 산길을

휘청이며 떠내려가는 것이었습니다

나는 멀어지는 여자의 젖은 어깨를 보며

사랑하는 일이야말로

가장 어려운 일인 줄 알 것 같았습니다

한번도 그 누구를 사랑한 적 없어서

한번도 사랑받지 못한 사람이야말로

가장 가난한 줄도 알 것 같았습니다

떠난 사람보다 더 섧게만 보이는 잿빛 등도

저물도록 독경소리 그치지 않는 산중도 그만 싫어

나는 괜시리 내가 버림받은 여자가 되어

버릴수록 더 깊어지는 산길에 하염없이 앉았습니다

《이 환장할 봄날에》 창작과비평사

　이루어질 수 없는 사랑을 하는 사람이 있다. 사랑이 이루어지는 것도, 이루어지지 않는 것도 다 고통인 사랑이 있다. 그래서 만나도 아프고 헤어져도 못이 박히는 사랑. 이승에서는 끝내 인연이 맺어질 수 없을 것 같은 사랑이 있다. 그걸 알면서도 솟는 눈물, 그걸 견디느라 아픈 목탁소리가 들리는 산사에 치자꽃은 피고 가랑비 엷게 떨어진다.

　그러나 그런 업연으로 괴로워하는 사람보다 더 쓸쓸하고 가난한 사람이 있다. "한번도 그 누구를 사랑한 적 없어서 / 한번도 사랑받지 못한 사람"이다. 이별의 아프고 슬픈 물줄기에 떠내려가는 사람들을 숨어서 지켜보며 그들보다 더 자신이 버림받은 것처럼 느껴지곤 하는 한 사람. 그 누구를 사랑한 적도, 사랑받은 적도 없는 사람.

저녁산책

배창환

아들아, 너와 나의 인연은 참으로 깊다. 언젠가 신점(神占)으로 소문난 월항 할매 찾아 내 손바닥을 펼쳤을 때, 너는 그 여자의 확언에 의해 내게 운명적으로 점지될 생명이었다. 나는 너를 여기 이 앵무동 마을까지 데리고 왔다. 이 마을은 내가 꿈에도 날아와 보지 못한 곳이었다. 그러나 첫눈에 이 집은 내 집이었고 너의 집이 되었다. 이곳에서 우리는 다시 태어났다.

너는 지금 나와 함께 적송 기울어진 언덕 구름 속을 달리고 있는 이 저녁을 세상 마지막날까지 갖고 가리라. 너는 자전거를 타고 나는 걷고 있다. 새로 지은 뒷집 건너 뒷집 똥개 두 놈이 내가 발을 뗄 때마다 정확하게 두 번씩 짖어댄다는 사실을 알고 있는 나는, 천천히, 그 집 담장 아래서 쟁반을 돌리고 있는 접시꽃 곁을 지나간다. 그 곁에는 털이 송송한 강아지풀과 시들어버린 쓴 냉이들이 붉은 노을에 얼굴을 적시고 있다.

이 골목을 따라 산그늘에 이르면, 새로 이사 온 네 반 소라네 집 인정 많은 가족들과 함께 사는 산닭이 다 된 토종닭과, 그들의 손때 묻은 고구마 감자 파 고추 참깨 농장이 있다. 페달에 힘을 주는 네 발이 규칙적으로, 때로 불규칙적으로 달리는 내 발과 같은 역학으로 굴러간다. 자전거를 타고 하늘을 날아오를 듯이 너무나 즐거워하는 너는, 구르는 바퀴 아래 툭툭 튕겨나가는 돌멩이 한 알이 어디서 와서 어디로 굴러 가는지

148

관심이 없지만, 지금 너를 둘러싸고, 너를 이루어가고 있는 어느 한순간도 그리움 아닌 것 없는 날이 곧 오리라.

꽃밭에서는 네가 동무들과 노는 마당으로 나오고 싶어서 벌겋게 달아오른 다알리아나, 이제 막 담장에 기어오를 채비를 하고 있는 장미덩굴이나, 허리가 너무 커져서 언제나 걱정인 황국이나, 초파일 절간 빨랫줄에 오롱조롱 걸어논 연등 같은 옥잠화, 홍매, 백매, 나리, 원추리, 맨드라미, 작약, 유도화, 올해도 피어날 과꽃, 돌담 그늘 아래 숨어든 꽈리, 가야산 깊은 골에 살다 날 따라 이사 온 까치수염, 둥굴레, 머구, 취나물, 참취나물, 봄에 먹는 달랭이, 아니면 부처님 머리 같은 불두화, 그 아래 작은 보리수, 라일락, 목련, 어서 가을 세상 만들고 싶은 감나무까지도, 인구밀도 너무 높다고 마당 아래로 내려선 채송화를 다들 부러워하는 걸 알면서도, 내가 일부러 모른 체 솎아나 주고 가지나 슬슬 쳐주는 이유에 대해서도, 네가 어느 날, 홀연히 깨닫게 된다면, 그것만으로도 너에게 웃음이 되고 반짝이는 눈물 한 방울이 되리란 것을 나는 안다.

또 있다. 아침저녁으로 배추, 상추, 무, 파, 토란, 가지, 들깨, 토마토, 오이, 도라지, 호박, 부추, 고추 밭에 물 주고 풀 뜯어 닭모이 주는 이 크고 작은 일들이 너를 쑥쑥 자라게 하는 것임을 알게 되리라. 그렇다. 내가 너를 이곳으로 데려온 것은 순전히 흙 때문이었다. 그 옛날 그가 내게 그랬듯이, 훗날 나 없는 세상에서도 그는 일년 사시사철 봄바람 겨울 눈비의 춤 노래 속삭임 안으로 너를 불러내리라.

아직 자전거는 비탈을 오르기 위해 갈짓자로 비틀비틀 취한 듯 굴러 가고 있다. 우리집 마루에서 보면 저녁마다 네모진 문 틀에 걸려 멀리 소나무숲을 넘지 못하고 쩔쩔매던 그 구름이, 잠시 후 저 가야산 상봉에서 가천 금수 골짜기를 지나 벽진 초 전 벌판으로 내려서는 걸 보게 되겠지만, 저 구름과 산과 벌판 또한 네가 세상에 나가 쓴맛을 알고 난 뒤, 어느 날 문득 외로 움과 그리움이 너를 마구 흔들어 사무칠 때, 네게 와선 다시는 네 곁을 떠나지 않으리라.

마침내 자전거는 언덕바지에 오르고 있다. 한줄기 바람이 헉헉거리는 너의 입으로 들어와서 입으로 나오고, 나는 그 바 람을 내 입으로 빨아들인다. 또 하루 해가 붉은 잠자리떼를 온 산천에서 거두어 네 공부방 황토벽 그림달력 속으로 들어가 고, 잠깐 잊고 있던 새들이 저 먼 지평 너머에서 깃을 치며 숲 으로 돌아오고 있다.

곧 밤이슬이 내릴 것이다. 돌아가자 아들아, 오늘 저녁 산책 이 여기서 끝나고 있다.

《흔들림에 대한 작은 생각》 창작과비평사

아버지가 아들에게, 부모가 자식에게 해줄 수 있는 것 중에 가장 좋은 것은 아름다운 추억을 만들어주는 일이다. 그 추억은 거창한 것이 아니다. 자전거를 밀어주거나, 냇가에서 고기를 함께 잡거나, 꽃밭을 가꾸고, 친척집엘 데리고 가는 일처럼 작은 것들도 자식에게는 차곡차곡 추억으로 쌓인다.

아들은 자전거를 타고 아버지가 뒤를 따르며 산책을 나가는 일도 그렇다. 붉은 소나무가 비스듬히 서 있는 언덕과 구름과 붉은 해와 잠자리떼를 보며 함께 산책하던 어느 날의 기억을 자식은 이 세상 끝까지 가지고 가기도 한다. 부모와 자식이 함께 한 시간이 아주 먼 훗날 지워지지 않는 추억의 웃음이 되고 반짝이는 눈물 한 방울이 되기도 하는 것이다. 지금 이 순간이 그리움 아닌 것 없는 날이 오게 되는 것이다. 아버지가 죽고 난 뒤에도 자전거와 노을과 언덕이 다시 아버지를 불러내곤 할 것이다.

그 그리움은 흙과 함께 한 추억일 때 더 오래 머물게 되리라는 걸 아버지는 알고 있다. 그래서 꽃밭이 있고 채소가 자라고 철마다 꽃이 피는 시골 마을로 내려와 다시 태어난 것처럼 살기로 한 것이리라.

호 수

이형기

어길 수 없는 약속처럼
나는 너를 기다리고 있다

나무와 같이 무성하던 청춘이
어느덧 잎 지는 이 호숫가에서
호수처럼 눈을 뜨고 밤을 새운다

이제 사랑은 나를 울리지 않는다
조용히 우러르는
눈이 있을 뿐이다

불고 가는 바람에도
불고 가는 바람같이 떨던 것이
이렇게 고요해질 수 있는 신비는
어디서 오는가

참으로 기다림이란
이 차고 슬픈 호수 같은 것을
또 하나 마음속에 지니는 일이다

〈적막강산〉 모음출판사

　가을밤 잎이 지는 호숫가에서 밤을 새운다. 밤을 새우며 너를 기다리고 있다. 너를 기다리는 것은 어길 수 없는 약속이기 때문이다. 그러나 기다리면서도 나는 사랑 때문에 울지 않는다. 조용히 기다리고 있을 뿐이다.

　너를 사랑하는 동안 내 마음은 불고 가는 바람에도 떨리는 여린 호수와 같았다. 그러나 나무와 같이 무성한 청춘의 날들이 지나 잎이 지는 나이까지 오는 동안 내 마음은 이제 잠잠해졌다. 고요히 가라앉은 마음으로 너를 기다린다. 기다림이란 이렇게 차고 슬프면서도 담담한 호수 같은 걸 마음속에 지닐 줄 아는 것이다.

작은 것을 위하여

굴뚝새들은 조그맣게 산다

강아지풀 속이나 탱자나무 숲 속에 살면서도 그들은 즐겁고

물여뀌 잎새 위에서도 그들은 깃을 묻고 잠들 줄 안다

작은 빗방울 일부러 피하지 않고

숯더미 같은 것도 부리로 쪼으며 발톱으로 어루만진다

인가에서 울려 오는 차임벨 소리에 놀란 눈을 뜨고

질주하는 자동차 소리에 가슴은 떨리지만

밤과 느릅나무 잎새와 어둠 속의 별빛을 바라보며

그들은 조용한 화해와 순응의 하룻밤을 새우고

짧은 꿈속에 저들의 생애의 몇 토막 이야기를 묻는다

아카시아꽃을 떨어뜨리고 불어온 바람이 깃털 속에 박히고

박하꽃 피운 바람이 부리 끝에 와 머무는 밤에도

그들의 하루는 어둠 속에서 깨어나 또 다른 날빛을 맞으며

가을로 간다

여름이 아무도 돌봐 주지 않는 들녘 끝에 개비름꽃 한 점 피

웠다 지우듯이

가을은 아무도 기억하지 않는 산기슭 싸리나무 끝에

굴뚝새들의 단음의 노래를 리본처럼 달아둔다

인간이 서로의 이익을 위해 전쟁을 하는 동안에도

인간 다음에 이 지상에 남을 것들을 위하여

굴뚝새들은 오리나무 뿌리 뻗는 황토 기슭에

그들의 꿈과 노래를 보석처럼 묻어 둔다

〈전쟁과 평화〉 문학과지성사

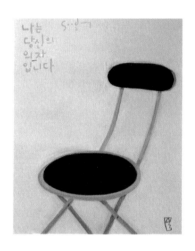

　조그맣게 사는 삶은 초라해 보인다. 이름 없이 사는 삶은 비천해 보인다. 그러나 작게 소박하게 사는 삶에도 즐거움이 있고 행복도 찾아든다. 굴뚝새가 그렇다. 잡목 숲에서도 기쁨을 찾을 줄 알고 조용하고 순응적인 삶 속에서도 꿈꾸고 노래할 줄 안다. 아무도 기억하지 않는 산기슭에서도 가을은 굴뚝새의 짧은 노래를 리본처럼 싸리나무 끝에 달아준다.

　크고 거창한 것을 찾는 인간들은 바로 그것 때문에 전쟁을 하고 살육을 일삼고 공멸하는 길을 가고 있지만, 작고 욕심 없는 삶 속에 보석처럼 빛나는 삶이 있다는 걸 우리는 안다. 굴뚝새들은 안다. 질주하는 문명의 소리에 놀라기도 하고 두려울 때도 있지만 행복이 거기 있는 것만이 아님을 이미 우리는 알고 있다. 인간의 멸망 다음에 이 지상에 남을 것들이 무언지 굴뚝새는 이미 알고 있다. 작고 낮고 느리게 사는 삶을 위하여 굴뚝새는 노래한다.

사랑법

강은교

떠나고 싶은 자
떠나게 하고
잠들고 싶은 자
잠들게 하고
그러고도 남는 시간은
침묵할 것

또는 꽃에 대하여
또는 하늘에 대하여
또는 무덤에 대하여

서둘지 말 것
침묵할 것

그대 살 속의
오래전에 굳은 날개와
흐르지 않는 강물과
누워 있는 누워 있는 구름,
결코 잠깨지 않는 별을

쉽게 꿈꾸지 말고

쉽게 흐르지 말고

쉽게 꽃 피지 말고

그러므로

실눈으로 볼 것

떠나고 싶은 자

홀로 떠나는 모습을

잠들고 싶은 자

홀로 잠드는 모습을

가장 큰 하늘은 언제나

그대 등 뒤에 있다

《풀잎》 민음사

사랑이 떠나갈 때 침묵하기란 쉽지 않다. 피는 꽃, 지는 꽃을 보면서 아파하고, 하늘을 보고 원망하고 죽음을 생각하기도 한다.

그러나 떠나는 자를 억지로 붙잡아 둔다고 해서 사랑이 다시 오지 않는다. 마음이 떠나면 몸을 붙잡아도 소용이 없다. 어쩌면 떠나고 싶은 자 떠나게 하는 것이 더 나은 사랑법인지도 모른다. 그리고 서둘지 말고 침묵하는것이 그도 나도 바르게 사랑하는 것인지 모른다.

"쉽게 꿈꾸지 말고 / 쉽게 흐르지 말고 / 쉽게 꽃 피지 말고"

침묵하는 동안 가장 큰 하늘은 언제나 등 뒤에 있다는 걸 알게 되는 날이오리라. 다시 더 큰 사랑을 만나는 날이.

동백꽃을 줍다

이미 져버린 꽃은
더 이상 꽃이 아닌 줄 알았다

새야,
시든 꽃잎을 물고 우는 동박새야
네게도 몸서리쳐지는 추억이 있느냐

보길도 부용마을에 와서
한겨울에 지는 동백꽃을 줍다가
나를 버린 얼굴
내가 버린 얼굴들을 보았다

숙아 철아 자야 국아 희야
철 지난 노래를 부르다 보면
하나 둘
꽃 속에 호얏불이 켜지는데
대체 누가 울어
꽃은 지고 또 지는 것이냐

이 세상의 누군가를 만날 때
꽃은 피어 새들을 부르고
이 세상의 누군가에게 잊혀질 때
낙화의 겨울밤은 길고도 추웠다

잠시 지리산을 버리고
보길도의 동백꽃을 주우며,
예송리 바닷가의 젖은 갯돌로 구르며
나는 인정하지 않을 수 없었다
지지 않는 꽃은
더 이상 꽃이 아니라는 것을

경아 혁아 화야 산아
시든 꽃잎을 물고 우는 동박새야
한번 헤어지면 그것으로
모든 것이 끝장인 줄 알았다

《옛 애인의 집》 솔출판사

　지지 않는 꽃은 꽃이 아니다. 모든 꽃은 피었다 지게 되어 있다. 만난 사
람은 헤어지게 되어 있다. 헤어진 뒤 잊혀지게 되어 있다. 그렇게 나를 버린
사람들이 있고, 내가 버린 얼굴들이 있다.
　그래서 져버린 꽃은 더 이상 꽃이 아닌 줄 알았다. 한번 헤어지면 그것으
로 모든 것이 끝장인 줄 알았다. 그러나 정말 그것으로 끝일까. 져버린 꽃은
다시 피어나지 않을까.

상한 영혼을 위하여

고정희

상한 갈대라도 하늘 아래선
한 계절 넉넉히 흔들리거니
뿌리 깊으면야
밑둥 잘리어도 새순은 돋거니
충분히 흔들리자 상한 영혼이여
충분히 흔들리며 고통에게로 가자

뿌리 없이 흔들리는 부평초잎이라도
물 고이면 꽃은 피거니
이 세상 어디서나 개울은 흐르고
이 세상 어디서나 등불은 켜지듯
가자 고통이여 살 맞대고 가자
외롭기로 작정하면 어딘들 못 가랴
가기로 목숨 걸면 지는 해가 문제랴

고통과 설움의 땅 훨훨 지나서
뿌리 깊은 벌판에 서자
두 팔로 막아도 바람은 불듯
영원한 눈물이란 없느니라
영원한 비탄이란 없느니라

캄캄한 밤이라도 하늘 아래선

마주 잡을 손 하나 오고 있거니

《이 시대의 아벨》 문학과지성사

상한 갈대도 넉넉한 모습으로 흔들리며 서 있다. 상한 모습 그대로 의연하고 아름답다. 영혼의 상처로 인해 고통스러울수록 충분히 흔들리자. 뿌리가 깊으면 밑둥 잘리어도 새순은 다시 돋는다. "이 세상 어디서나 개울은 흐르고 / 이 세상 어디서나 등불은 켜지듯" 꽃은 다시 핀다.

의롭게 살기로 마음먹으면 못 갈 곳이 없다. 목숨을 걸고 가기로 마음먹으면 지는 해도 문제일 수 없다.

상처받은 영혼들이여, 영원한 눈물이란 없다. 영원한 슬픔이란 없다. 캄캄한 밤이라도 마주 잡을 손 하나 분명히 온다.

고통과 설움의 땅 지나 뿌리 깊은 벌판에 서자. 상처 앞에 당당하자. 흔들리면서 고통에게로 가자.

추 경(秋景)

허장무

이쁜 것들이

조금씩 상처 입으며 살아가겠지

미운 것들을 더러는

상처 입혀가면서 말야

바람 부는 아침 저녁으로

햇살 파리한 들판

산서어나무 가지를 흔드는

바람의 전언(傳言)

눈시울 붉히며 그래도

그대만을 사랑했던가 싶게

지성으로 푸른 하늘 아래

전신으로 생을 재는

풀벌레의 보행

가을이 와 비로소 고독해진

솜다리꽃 같은

이쁜 것들이 상처 입으며

조금씩 더 아름다워지는 세상

(바람연습) 시문학사

이쁜 것들도 사는 동안 조금씩 상처 입으며 살아간다. 더러는 미운 것들을 상처 입혀가면서. 상처받지 않고 가는 삶은 없다.

나무가 가만히 있어도 바람이 와서 가지를 흔든다. 더없이 아름답고 예뻐서 상처 하나 없이 티 하나 없이 살아갔으면 하고 바라지만 그건 희망일 뿐이다.

상처 없는 삶은 없다. 사랑하며 가는 삶은 더욱 그렇다. 상처도 삶의 일부로 여기고 안고 가야 한다. 그 상처 덕분에 조금씩 세상이 아름다워지는 것이다.

한 그리움이 다른 그리움에게

정희성

어느 날 당신과 내가

날과 씨로 만나서

하나의 꿈을 엮을 수만 있다면

우리들의 꿈이 만나

한 폭의 비단이 된다면

나는 기다리리, 추운 길목에서

오랜 침묵과 외로움 끝에

한 슬픔이 다른 슬픔에게 손을 주고

한 그리움이 다른 그리움의

그윽한 눈을 들여다볼 때

어느 겨울인들

우리들의 사랑을 춥게 하리

외롭고 긴 기다림 끝에

어느 날 당신과 내가 만나

하나의 꿈을 엮을 수만 있다면

《한 그리움이 다른 그리움에게》 창작과비평사

　사랑을 하는 동안 추운 길목에서 누군가를 기다리는 날이 있게 된다. 사랑
하는 사람의 오랜 침묵 때문에 힘들기도 하고 많이 외로운 날도 있게 된다.
　한 사람이 한 사람을 만나 서로 그리워하고 사랑하는 일이 꿈을 엮는 일
과 같다면, 날줄과 씨줄이 되어 아름다운 비단 한 폭을 짜나가는 일과 같다
면 얼마든지 기다릴 수 있어야 한다.
　추위와 침묵과 외로움 끝에 서로 상대방의 슬픔을 어루만져주고 상대방
의 마음과 눈동자 속에 깃드는 그윽한 그리움의 형체를 알아볼 수 있다면,
어느 겨울도 두 사람의 사랑을 춥게 만들지 않을 것이다.
　부디 서로 사랑하는 일이 함께 날줄과 씨줄로 만나서 하나의 꿈을 엮어나
가는 일이 되길 바란다.

오분간

나희덕

이 꽃그늘 아래서

내 일생이 다 지나갈 것 같다

기다리면서 서성거리면서

아니, 이미 다 지나갔을지도 모른다

아이를 기다리는 오분간

아카시아꽃 하얗게 흩날리는

이 그늘 아래서

어느새 나는 머리 희끗한 노파가 되고,

버스가 저 모퉁이를 돌아서

내 앞에 멈추면

여섯살배기가 뛰어내려 안기는 게 아니라

훤칠한 청년 하나 내게로 걸어올 것만 같다

내가 늙은 만큼 그는 자라서

서로의 삶을 맞바꾼 듯 마주 보겠지

기다림 하나로도 깜박 지나가버릴 生,

내가 오래도록 돌아오지 않을 때쯤

너무 멀리 나가버린 그의 썰물을 향해

떨어지는 꽃잎,

또는 지나치는 버스를 향해

무어라 중얼거리면서 내 기다림을 완성하겠지

중얼거리는 동안 꽃잎은 한 무더기 또 진다

아, 저기 버스가 온다

나는 훌쩍 날아올라 꽃그늘을 벗어난다

《그곳이 멀지 않다》 민음사

아카시아 꽃이 하얗게 날리는 꽃그늘 아래서 여섯 살배기 아이가 타고 올 버스를 기다리는 오 분 간.

아이를 기다려본 사람은 안다. 결국은 자식을 기다리면서 서성거리면서 일생이 이렇게 지나가는 것임을.

늙어 머리가 희끗희끗해지는 동안 아이들은 훤칠한 청년으로 자라고 그렇게 서로의 삶의 자리를 바꾸어가는 것임을.

기다림 하나로 생은 잠깐 사이에 지나가버리는 것임을.

그러다 기다려도 오지 않는 날이 오기도 하는 것임을.

기다려도 오지 않는 날까지 합쳐져서 어머니의, 부모의 기다림은 완성되어가는 것임을.

그 생각을 하는 동안 아, 저기 버스가 온다.

사 랑

김용택

당신과 헤어지고 보낸

지난 몇 개월은

어디다 마음 둘 데 없이

몹시 괴로운 시간이었습니다

현실에서 가능할 수 있는 것들을

현실에서 해결하지 못하는 우리 두 마음이

답답했습니다

하지만 지금은

당신의 입장으로 돌아가

생각해보고 있습니다

받아들일 건 받아들이고

잊을 것은 잊어야겠지요

그래도 마음속의 아픔은

어찌하지 못합니다

계절이 옮겨가고 있듯이

제 마음도 어디론가 옮겨가기를

바라고 있습니다

추운 겨울의 끝에서 희망의 파란 봄이

우리 몰래 우리 세상에 오듯이

우리들의 보리들이 새파래지고
어디선가 또
새 풀이 돋겠지요
이제 생각해보면
당신도 이 세상 하고많은 사람들 중의
한 사람이었습니다

당신을 잊으려 노력한
지난 몇 개월 동안
아픔은 컸으나
참된 아픔으로
세상이 더 넓어져
세상만사가 다 보이고
사람들의 몸짓 하나하나가 다 이뻐 보이고
소중하게 다가오며
내가 많이도
세상을 살아낸
어른이 된 것 같습니다
당신과 만남으로 하여
세상에 벌어지는 일들이 모두 나와 무관하지 않다는 것을

이 세상에 태어난 것을
고맙게 배웠습니다
당신의 마음을 애틋이 사랑하듯
사람 사는 세상을 사랑합니다

길가에 풀꽃 하나만 봐도
당신으로 이어지던 날들과
당신의 어깨에
내 머리를 얹은 어느 날
잔잔한 바다로 지는 해와 함께
우리 둘인 참 좋았습니다

이 봄은 따로따로 봄이겠지요
그러나 다 내 조국 산천의 아픈
한 봄입니다
행복하시길 빕니다
안녕

《참 좋은 당신》 시와시학사

    누군가를 사랑하게 되기 바란다. 그리고 그 사랑으로 인해 아파보기 바란다. 그 아픔의 끝에서 김용택 시인의 이 시를 읽어보게 되기 바란다.

    사랑의 아픔으로 인해 세상이 더 넓어져 보이고, 세상만사가 다 보이고, 사람들의 몸짓 하나하나가 다 예뻐 보이고, 소중하게 다가오는 경험을 하게 되기 바란다. 그리하여 세상에 벌어지는 일들이 모두 나와 무관하지 않다는 것을 배우고 사람 사는 세상을 사랑하게 되기 바란다.

    아픔은 컸지만 그 아니면 안 될 것 같던 바로 그 사람도 '이 세상 많은 사람들 중의 한 사람이었음'을 깨닫고 우리들의 사랑 또한 그랬다는 걸 알게 되기 바란다. 그리고 부디 두 사람이 사랑하는 동안 가졌던 좋은 기억을 더 많이 간직하게 되길 바란다.

부모와 자녀가 꼭 함께 읽어야 할 시

초판 1쇄 발행 2004년 11월 15일
초판 35쇄 발행 2023년 6월 29일

엮은이 | 도종환
펴낸이 | 한순 이희섭
펴낸곳 | ㈜도서출판 나무생각
편집 | 양미애 백모란
디자인 | 박민선
마케팅 | 이재석
출판등록 | 1999년 8월 19일 제1999-000112호
주소 | 서울특별시 마포구 월드컵로 70-4(서교동) 1F
전화 | 02)334-3339, 3308, 3361
팩스 | 02)334-3318
이메일 | book@namubook.co.kr
홈페이지 | www.namubook.co.kr
블로그 | blog.naver.com/tree3339

ISBN 979-11-86688-04-5 03810